梶原さい子歌集

SUNAGOYA SHOBŌ

現代短歌文庫

砂子屋書房

梶原さい子歌集☆目次

『リアス／椿』（全篇）

『あふむけ』（抄）

III

歌論・エッセイ

解説

梶原さい子歌集

『リアス／椿』（全篇）

I　以前

木　蓮

体中にみどりの波を皺よらせ浅き眠りに祖母はたゆたふ

襁褓《むつき》替ふるそばから尿を漏らしたり折り畳まるる肉の陰から

隙をみては痒い痒いと尻を搔くしたたかである祖母の左手

部屋内に饐《す》ゆる匂ひのこもりゐる春の日どつと木蓮ひらく

大人用オムツをくるむ新聞紙キャベツのやうにごろごろとあり

ベッド脇の手摺りを掴む老女の爪日暮れはどこへゆきたくてならぬ

流水に入れ歯からから回りたりもう自在なる祖母《おほはは》であり

定期検診

受診着は桜色なりむきだしのこころぼそさ
を包まむとして

脱衣室の壁に斜めにぶら下がる人工乳房の
パンフレット

何もない。大丈夫。だと先生の右頬が言
ふ。そして振り向く

泣きながら焼きそばを食ふ　いつもいつも
定期検診の後のこころは

無傷とふ傷もちし日のなつかしさ自転車の
群れ川べりをゆく

どこからも高みにたどり着ける丘　草を踏
みふみのぼつてもいい

むかし修験の寺のありしが灰白の桜の夜に
ふくらむばかり

チリ地震津波

——二〇一〇年二月　波高一八〇センチ

ふるさとの海岸線が明滅を始む　赤は大津
波警報

船はみな沖へ逃げたり逃げながら見えなく
なりてゆく浜ならむ

船着き場前のよろづ屋　十円のゼリーをめ
がけ潮《うしほ》あふれ来

もつれあふ養殖筏　肥大せし波に底よりか
きまぜられて

ものすごい音だつたよとおとうとはまづ大
波が引くことを言ふ

五十年前の津波のこと喋る小母ちやんたち
のあたりまへなり

川

いつまでも焼き場に着けぬ山道のひととこ
ろ柩かたむきてをり

慕はれしひとのことなど唐突に語りし大叔
母　時折おもふ

火の番にからだ渡して待つ部屋に茶菓子を
割ればむらさきの餡

ほそづくりの喉より出づる「七つの子」幾
度も幾度もわたしせがんだ

みなどこかを泣いてゐるなりびしよびしよ
と精進料理の茄子の揚げ物

喪服のやうな海苔巻きであるさびしい白と
黒の川である

たをり

日向水木《ひうがみづき》　山茱萸《さんしゆゆ》　魯桃《ろたう》ふたりしてきらめ
く花を読みあげてゆく

上り坂が好きだと言へり樹々の向かうまた
樹々のあるたをりの縁で

根を持てるもの持たぬものそれぞれに憧れ
ありてそよぎてゐたり

いつもいつも聞き分けのよいわけぢやなく
鳶は雲を散らしつつ飛ぶ

みづうみの深さを知らずわたしたちふたりでふたつのかほを映して

桟敷——大曲花火大会

川上がどちら側かも知らぬまま水のほとりのあまたとなれり

いつまでも青き波長の残りゐて団扇ひらめく宵闇である

その場所にひらくと決めて真つ直ぐに赤橙の火がのぼりゆく

ひらきしのちややに遅れてドンと来るくすぐつたさを待ち構へをり

ひとつづつを評してゐたる小父《をん》ちやんのこよなく十号割物花火

お握りに喰らひつけるにぼぼぼんといちばん大き花火がひらく

大いなる的を射むとて虫部隊矢を番へたり長き手足に

同じ火はもう二度と無く百年のいのちを焦がし来し蒼野天

火の間《あひ》を掠めてかぶりつく桃のゆたかな網が舌へと残る

始まりと終はりをいくつ打ち上ぐるそのべらばうにしびれてゐたり

闇は闇にかへるばかりの純粋を百万人とともに観てゐる

振り向けばみんなの貌があふむきて輝いてゐた　いのちの桟敷

はぐれてもどこかで会へる　人混みに結び合ふ指いつかゆるめて

滝と言へば滝へと化してみづみづとあまたの炎管《ランス》燃えてをりたり

誰もみな封ぜし欲に焦れながら夜空に伸ぶる金色の拉手《らつしゆ》

観てをるはわたしではない網膜に光あふるる羅刹と思ふ

なまはげの頭《かしら》をつけて立ちをれば大き頭のせつなさが来て

体育祭

トーナメント表をするするのぼりゆく赤き
マジックインキの太線

背筋《はいきん》が漲りすぎてことごとく男子のサーブ
アウトになりぬ

一回きりの夏に立ちたりハチマキを締めて
シューズの紐きつくして

長縄の描く丸さの中を跳ぶクラスメイトと
いふ不思議さが

魚呑みしペリカンのごとき貌をしてみんな
成績発表を待つ

歓喜とは　ホットピンクのお揃ひのTシャ
ツが床踏み鳴らす音

日ざかりに膨らんでゐる車あり窓軋みつつ
降りてゆきたり

休みなく手は扇ぎたり油凪ぐ第二学期の始
業式にて

けふといふ一日に似しいちにちがありぬ赤
きカンナは立てり

秋の水

ひとはどこから朽ちてゆくのか薄昏き口窩に満つる白き苔なり

もう何も食べなくなつてマグカップに沈みしままの入れ歯なりけり

鍋摑みのやうな袋を嵌められておとなしうなる祖母の両つ手

ぽくぽくと大き泡《あぶく》を吐きながら祖母の寝息の弱きストローク

胃にチューブを差し込むことを拒みたり横浜にゐる祖母の末娘

それぞれの想ひはありて透明なチューブを落つる経管栄養剤

何もせず傍らにをり何もせずわたしはあなたの孫　秋の水

風間

腕の中へあなたを仕舞ふヲギ原を渡りし風ををさむるやうに

まなじりのしわを伝ひて零れゆくあたたかきもの　泣いてゐるのね

あああなたをどうしたらよいくちびるで潤みを吸へば荒ぶるこころ

細胞は一粒ごとに隔てられ風間を生くるからだなりけり

泥濘《ぬかるみ》の坂道をゆく　赤子らが泣き相撲せし土俵を過《よぎ》り

乳房《ちちぶさ》を隠す湯浴みのかたちして手を交差せり尼藍婆《にらんば》毘藍婆《びらんば》

みどりごをなだめるごとく揺れながらわたしのなかの日暮れをあやす

裕子さんの道と名付けて朝夕を花野に白き露のきらめき

この秋もいつしか過ぎて真夜中の希少金属《レア・メタル》に兆したる水

灯油庫

ポリタンクならぶ灯油庫　朝陽射す象舎のごとく開け放たれて

傾ぎつつ油を提げてゆくときの左手宙《そら》をあわあわとせり

奇術師の見せ場のやうに取り上げて携帯電話を教卓に置く

六枚目の履歴書を書く左手にいよいよしるき爪半月は

尊敬するひとは誰かといふ問ひにゐないと答ふる面接練習

ニューロンの突起のごときすぢ曳いてグラウンドの灯は時雨の向かう

傘持たずバス停へゆく雨粒と雨粒の間《あひ》を跳び移りつつ

トンネルの内天井に残さるる無数の数字時折を照る

180°をふたつに分けてゆくときに鋭き角の方を思はず

水色の釦ひとつをくぐらせて少しいびつな
孔でありけり

髯《ひげ》持てる遮光器土偶　ぽつぽつと頬にやさ
しき雨降るやうに

髪先に雫が湧きてこぼれゆく洗はれつぱな
しの一月の夜

背の骨に指を沿はしてしらしらと冬の線路
はどこまでも続く

ひそやかに繰り返さるる営みの午前零時の
工場の鐘

途切れてはまた見出して雪の日の誰かの足
跡を追うてをり

八雲神社

山奥の古き社《やしろ》の濡れ縁にバケツは冬の空を
映して

虫あまた寄り集ひたる茣蓙の下めくりてか
ろく掃き出だしたり

御神体を背負うて坂をゆく父のまうへにも
うしろにも星宿

朝四時の山の社に行き着けば裸蠟燭ゆらり
と甘く

神旗《しんぱた》を支ふる竿が明け方を軋む　海から風
は生まれた

舟　虫

潮鳴りのやまざる町に育ちたり梵字の墓の
建ち並びゐて

喜望峰のこと語るとき老漁夫の目のみらみ
らと波を映せり

御船霊《おふなたま》を入れにゆく朝　神主と船頭のみの
密かなる業

漁撈長と機関長と禿げ上がる頭をみせて海
に礼《ゐや》せり

船に積む菜《さい》を調ふこれよりの土の息吹のなき数ヶ月

雪の日の出船となりぬとりどりのテープは重たげに揺れ合うて

35豊洋丸より届きたる「操業中」とふ三文字の打電

夜どほしをぶち当たるらん右舷より左舷より濤、鉄塊として

おとうとを奪ひし海を生計《たづき》とし淳君の腕太くなりたり

皆誰かを波に獲られてそれでもなほ離れられない　光れる海石《いくり》

水底に根を降ろしたる死者たちのほのかに靡くひとところあり

入つてはゆけざる場所のあることを海にあかあかとキリトリ線

海の辺《へ》の慰霊の塔に刻まるる美しき詩の塩光りせり

海中《わたなか》にも風はありたり吊されて柔くしなれる稚《をさな》き牡蠣は

女らの手具振り下ろす音響き岬のつけ根の牡蠣剝き工場《こうば》

牡蠣研究《かきけん》所といふ名をもちて工場の昏がりゆるく開け放たれて

腑を裂けば卵あふれたりあふれきてもうとどまらぬいのちの潮《うしほ》

横ざまに接岸したる釣舟のいまだ熱持つ朱き原動機

いつもいつも影をまとひて波は来たりあかるく崩れゆきたる影を

満ちて干る時間のなかに薄らげる傷はも海にいくすぢの傷

さらさらと海の辺にをりここまでを波を縫ひたるやうに生き来て

胸に腹に舟虫が這ふ　這ふまでの数十年を思うてゐたり

生き物の海よりあがりしゆふぐれに確かにひとつ鐘の響きぬ

海原を漂ふ白き精の帯　月の光に乱されながら

エンジン音にて目醒めたり午前五時の港を蹴つて舟は出てゆく

対岸もほのぼの明けて家々の暮らしのかたち見えて来たりぬ

朝の陽にあつけらかんと見せてをりうなじのやうな波打ち際を

Ⅱ　以後

その時

——二〇一一年三月十一日　東日本大震災

来る。来る、来る、重き地鳴りにこみ上ぐる予感なりただ圧倒的な

うちつけに投げ出されをりマグカップがパソコンが入試資料が跳んで

崩れくること怖れつつ思ひつつ煤ばむ梁を見上ぐるばかり

倒れうるものはたふれて砕けうるものはくだけて長き揺れののち

ジャマイカに地震を知らずシェバーニの目が開くままに見えなくなる

誰かゐないかあ叫びつつ駆ける廊下なりガラスを踏んで下駄箱越えて

校庭に地割れは伸びて雪の飛ぶ日暮れを誰も立ち尽くしをり

「釜石に六メートルの津波来る」そののちをもう聴きえぬ知らせ

津波、来てゐる。確かに、津波。どこまでを来た。誰までを、来たのか。

まぼろしの間口

百度も波は来しとふそのたびに陸のかたちを大きく変へて

弟夫婦

甥っ子を二階の窓より投げて受けて山を上へと駆けのぼりたり

地獄だと言ひてそののちおとうとの携帯電話は繋がらざりき

半身を水に漬かりて斜めなるベッドの上のつつがなき祖母

「壊滅」と聴こゆるたびに苦しくて陸前高田市南三陸町

お母さんお母さんと泣きながら車で行けるところまでを行く

ああこれが夢といふものどこまでも瓦礫の道を歩いてゆきぬ

跡形も無き町筋のまぼろしの間口を思ひ描かむとして

安置所に横たはりたるからだからだ　ガス屋の小父さんもゐたりけり

配給のエビカツやつて来たりけり白身の中に赤身の混じる

影　絵——三月下旬

高台よりの海美しき　あの海をこの海と為し避難所はあり

ありがたいことだと言へりふるさとの浜に遺体のあがりしことを

ＬＬのズボンば無《ね》えなあ　支給品の山から何も取らず出て行く

「津波きました逃げてくらさい」甥っ子の繰り返したる大津波ごっこ

未送信箱に残れるメールなり「津波くるにげて」「逃げて！」「返事して！」

襁褓買ふために列なる雪の朝甥っ子のおしめ祖母のおしめ

蠟燭で影絵遊びをする子たち小さき狐の三匹、四匹

あの頃の月のかたちになってゆく震災の日からいつしか一月

入学式——四月

入学式ができるしあはせ言ひながら式辞・祝辞・代表のあいさつ

祖父と犬の流されしことステージの脇で聴きをり入学式後

「仮設住宅が建つたら町へ戻ります」転入生はきつぱりと言ふ

浪江町より来たる子のブレザーの毛羽立ち祖母の調へしとふ

水なくて雪食ひし日々放射性物質が降り積もるも知らず

雨粒に宿りたる禍《まが》　かの日みな濡れつつ誰かを捜してゐたり

布団また駄目になりたり板の間に拭いても拭いても沁みてくる潮

石巻好文館高校

ロッカーの裏なるヘドロ一月《ひとつき》を侵されざるに綾なしてをり

サルベージ――五月

サルベージ　黒く焦げたるマグロ船をきりきりと吊り上げゆく力

夜の浜を漂ふひとらかやかやと死にたることを知らざるままに

三月の潮にまみるるアルバムを三人《みたり》がかりでほどいてゆけり

才介さん
一葉の写真を洗ふ微笑みの溶けたる従叔父《をぢ》を洗ひ続くる

流れ着くすべてのものがあの波の記憶のままに目開《まひら》きてをり

黙黙と瓦礫を運ぶ遅春の熱をからだに籠もらせながら

それでも朝は来ることをやめぬ　泥の乾《ひ》るひとつひとつの入り江の奥に

帯——六月

母の帯を助けてください開いてゐるクリー
ニング屋を探し求めて

女子生徒欠席を告ぐかの日より二ヶ月半を
過ぎての忌引

あらかたを流されながらそれでもなほ人ら
喪服を調へんとす

みんなもうここにゐぬ人ひとりづつの名を
追うてをり朝の紙面に

いち早く東北を捨てたる人の頼りなき根を
知らされてをり

腕に名を書きしを言はる流されて屍《かばね》となら
むそののちのため

一町歩二町歩をゆく両の手にぱしりぱしり
と蠅を除けつつ

砂糖、酒、酢を混ぜて振る昼下がり蠅を捕
ふる滋液づくりに

乱反射する夕波の　どうしてもこころは季
節に追ひつけなくて

容れ物の欲しかりし日々水を灯油をガソリンを汲む大き器が

庭に散るガラスに映る黒波の　三月十一日の海底《そこひ》に立てり

真先にあなたを思ひしわれでありシロヤシホ海の縁をあふれて

岸——七月

余震《なゐ》の夜を愛されてをりまざまざと眼裏に顕つ瓦礫のなかを

抱《いだ》かるれば抱《いだ》かるるほどひとびとの連れ去られたる岸に近付く

雪曇りの午後だつたのだひとびとの影ばかり陸に取り残されて

君くれしピーナッツバターを舐めてなめて凌ぎてゐたり大地震《おほなゐ》ののち

蝶　番――八月

錆び付きし蝶番なりいくたびも動かしてあの波より放つ

けふはもう出掛けられざり大潮が舗装道路に迫り上がり来て

いそいそと出掛くる先はトイレなり五ヶ月ぶりの家内《やぬち》の尿《ゆまり》

「8／13トイレできた」と記さるる母の日記に残る潮染み

水を分くるものは水なりわたつみにめまぐるしかる綾の生き死に

従叔父《をぢ》はこなた従叔母《をば》はかなたの湾の底引き上げられて巡り逢ひたり

海よりのぼり海へと溶くる盆花火　誰も声なく照らされてをり

確かにそこに鳴き合ふものの声ありて夜さりの岸辺仄明るめる

白き手足

八月十一日

かの日より五ヶ月のちの盆茣蓙にさやかに
奔るくれなゐのすぢ

この部屋に波はあふれた　張り替へし床板
の上《へ》にかかとを下ろす

お母さんとだんご丸めてゆく夏の生温き床
　光に伸びて

ちぎられて丸められゆくだんご種のひとつ
ひとつの白き手足は

湯の内を浮き上がり来るまろき玉どの瞬間
にひとは逝きしか

送り火の光《かげ》にはなやぐ父母の輪郭ふいと伸
び縮みせり

ああみんな来てゐる　夜の浜辺にて火を跳
べば影ひるがへりたり

送　信——九月

整然と分別されてあの波を知る板・ガラス・
金気しづもる

朝な夕な瓦礫置き場の風を受け咳ぜんそく
となりし甥っ子

真夜中に咳止まらざる幼子のほとりに潮の
満ち満ちて来て

半年を遅れて通ふ幼児園泣きつつ行きて泣
きつつ帰る

色の未だ戻らぬ町を揺れてゐる黄《きい》の帽子の
黄のつばさは

携帯電話、欲しいな、と言ふ　地震《なゐ》の夜に
在処を伝へられざりし母

ひらがなを打ち込む指の拙くて愛しくてわ
れはあなたのむすめ

二次元より三次元へと焦点を戻すときやや
口の歪みぬ

送信のボタンを押して不安げに廊下の方な
ど眺めてゐたり

をちこちに話の飛びて行くところ似たる母
子よ餅丸めつつ

薄紅の芙蓉の花を送り来たり題名も本文も
何も付けずに

貼り紙——十月

おとなしき今年の生徒それぞれに大地震《おほなゐ》の
日の記憶を沈め

浜から来て浜へと戻る子供たちたつた三月《みつき》
の制服を着る

貰ひ物のジャージにケチを付けたるを怒鳴
りてゐたり職員室に

「はかるくん」はもうゐなくなり「はかるく
んⅡ」といふ名のガイガーカウンター来

校庭の真中を四隅を　隅つこになりすぎぬ
隅を測れと言へり

70ひびL＝1.0 W＝1.2　測られしままに亀裂
は秋の日に入る

立ち入りを禁ずる貼り紙が増えて学校に濃
き闇のスポンジ

何もなき一日《ひとひ》の何もなき川を身を乗り出し
て子ら眺めをり

潮を汲む

家々の土台ばかりの残りたる浜辺の町を注《し》
連縄《めなは》続く

どれもこれも波の記憶を持ちながら調へら
れてゆく祭器なり

竈にて火を焚きをれば鉄釜の幅そのままに
湯気噴き上がる

赤飯をひたすら詰める流されて死んでゐた
かもしれない人と

わたくしの小さき頃より絶え間なく小母ち
やんたちの金歯の光る

皆で皆を亡くししといふ苦しさに秋明菊の
潤ぶるひかり

獅子舞ががつふりがふりとかぶりつくこの
半島のはかなき秋に

その肩を幾度も浄く撲ちながら神輿を運ぶ
男らの列

仮設《かせつ》住宅から仮設《かせつ》住宅へ輿は渡りたり遠の
島門《しまと》をめぐるごときに

美しく禿げ上がりたるサルタヒコ隣の席に
弁当を喰ふ

御神輿を載せて海人船《あまぶね》津を発てば波なめら
かに分かれゆきたり

神酒《みき》を注ぐ手は定まらず盃にあふるる波の
船の揺振《いさぶ》れ

この板の下に彼らのゐることをつくづく知
りて誰も語らず

潮垢離《しほごり》の潮《うしほ》を求め降ろしゆくみどりの桶の
ゆらゆらとせり

潮を汲む　透きとほりたる腕を足をひらき
しままのくちびるを汲む

切り岸よりなだるることがかなしくて今年
の萩のきらめきやまず

今も岸を目指してをるかくらぐらと潮さかのぼる片身の魚は

奔る奔る船の舳先《へさき》は　とことはに彼らのものとなりたる海を

枯　野――十一月

ひさいちのみなさんたちへと書かれたる箱いつぱいのメダルチョコレート

何見でも涙出るのと言ひながら母はまた泣くつるつると泣く

お母さんを捜しに行きし日を憶ふ起伏のつづく枯野をゆけば

思ひ直し思ひ直して生くる人ら自分の方が恵まれてゐると

御神体を持ち避難せし神主の羽織の紐を見つめてゐたり

その土地でなければならぬ人たちの苦しみ銀杏の葉はどつと落つ

風まみれの風の中なる人々のいやいやをするからだなりけり

取り込みて伸びゆくもののいぢらしさ爆発よりの二重螺旋は

この米が誰かを傷つけるなんて青ずむ粒を擦りあはせをり

結び切り――十二月

冬のからだを取り戻す朝　醒めてより雪の予感のすはすはとして

九枚目の年賀欠礼おしなべて三月十一日にと刷らる

今年はわたし出しませんのでと言へば皆曖昧にうなづきかへす

お返しの熨斗《のし》の色目に迷ひをり土台ばかりの町を思へば

再びをあつてはならぬ出来事のためにぢよ
きんと結び切りをす

震災前のものですからと言ひながら折り畳
まるるこんぶを渡す

いづこへも逃げ出づること出来ぬまま和布《わかめ》
の深く裂けてゆく冬

何でこんな　なんでこんなと思はれて鍋い
つぱいに和布を湯搔く

引き上ぐれば春の林のやうでゐてみどりの
靄の直中に立つ

受け取ることの上手ではなき人々があらゆ
るものをいただく苦しみ

ごくわづかごくわづかづつ強《つよ》りゆく光の中
を今年が終はる

かりがね

あやふやな手書きの地図をたどりつつ二人
は急ぐ冬枯れの野を

落つる雁また昇りゆきゆふぐれの空に幾度も甘えてゐたり

それぞれの高さを空に見出して雁《かりがね》の列今し交差す

飛ぶ鳥の胸ふり仰ぐ　わたしたち二人ばかりが地に息づきて

九万羽の雁啼きさかる大空にひらき始むるゆふぐれの沼

わたしたちどの辺りまで来たらうかつめたくこごる手を求めあふ

波　間――二〇一二年一月

あまりにも波間が光るものだからみんなの泣いたやうな笑ひ顔

気仙沼の仮設市場を母とゆく遮るもののなき風のなか

雑食の蛸であるゆゑ太すぎる今年の足を皆畏れたり

ああなんてしづかな渚もはやもはや組み替へられし世に立ち尽くす

あの波に浚はれながら残るもの鳥居・狛犬
　石の文化は

束ぬれば見えくる嵩のいちにちのいちにち
づつの新聞紙なり

板張り——二月

ホは保健室Tは停学暗号をちりばめて立つ
出席簿なり

一年で十センチ背が伸びたんすよと壁の亀
裂をなぞりつつ言ふ

暖かき午後の授業の只中を日々行き過ぎる
二時四十六分

雪解けの水漏れてをり大地震《おほなゐ》に裂けたるま
まの南校舎天井

ただ一人生き残れるを語る子の訛《なまり》を追うて
白き字幕は

板張りの床に陽は射すあまたなる冷たき身
身のならびしゆかに

眩　暈――三月

透きとほる波に被さる波もまた透きとほりゆき已まざる痛み

かの日へと戻りゆくやうな三月の眩暈　みるみるそら雪暮《ゆきぐ》れて

笑ひ顔の中にもう一つ顔があり打ちひしがれて動けずにゐる

教科書を抱へさやうならと言へり福島に帰るを決めし子は

東電の作業員の無事を祈る歌を残して転学をせり

定員を久々に満たす農業科浜より家族移り住みきて

束であり一本づつであることの東北の野に枯荻そよぐ

藍色

潮焼けのかほ馳せ来たり今し刈れる和布蕪《めかぶ》はみ出す桶を抱へて

海中《わたなか》をみなぎりながら畏るべき速さに光《かげ》を吸ふいのちなり

たたくたたく和布蕪をたたくきらきらと藍色の血の粘るめかぶを

この浜に起こりたることふつくらとめかぶを解けば泡にじみ出づ

泡の間にあまたの息の溶けゐるを思ひつつをり　一途に啜る

愛ちやんよどこをたゆたふいつまでもショートカットのあなたの遺影

岸辺より離《か》れゆく潮《うしほ》たうたうと一年《ひととせ》分の光を溜めて

シーツ――四月

「気仙沼市川島京子」一年を経て繋がれり名前と身肉《みしし》

貝紫色の着物を見すと言ひていつも終はんぬ古典の授業

ＤＮＡ鑑定といふ言葉ありて暮らしのなかに滲むがごとし

立ち枯るる杉の一本《ひともと》　枝の間《あひ》に母見つけしと友言ひ出づる

魚町《さかなまち》なかみなと町新浜町《しんはまちやう》海より賜びし名のことごとく

断絶となりたる家のありしところ海から靄が這ひのぼりきぬ

丸きマグロは「だるま」、胸びれの長きは「ビン長《なが》」

嵩上げのなされし床へつやつやとだるまビン長《なが》　横たはりをり

胸までのゴム長靴のつややかさ光るばかりの海を映して

敷くためにあらずからだをくるむための白きシーツをときどき思ふ

ズック——五月

三月の大川小の校庭にゐたやもしれぬ「せんせい」として

竹藪にみちは途切れてこの崖を駆け上れざるズックのありき

裏山の土留めフェンスの一様に東に傾れゐることかなし

泥濘《ぬかるみ》の中にありたる足形の小さきものの途絶えてゐたり

毛糸の帽子毛糸のマフラー纏ひをり祭壇脇の子まもり地蔵

がらんどうの窓を戸口を教室を鳥は飛び交ふ声をあげずに

うすみどり——六月

ふたりして向かふ車内の喪の服が雨のひかりに侵されてゆく

幾たびもを礼を述べつつ逝きしとふ母に父に犬の太郎に

白き地の茶碗のなかのうすみどり喪の家《や》に夏は始まつてゐる

震災の後にも死ありあのときを越えられたのにと誰もが言ひて

片膝を立てたるままに拭いてゆく梅の一粒づつのさやぎを

広口の瓶に透けゆく梅の実の　あるはずだつた一つづつのひなた

ペンだこ——七月

群がりて求人票を見る子らの爪先立ちの夏のめぐり来

「震災の時に貢献したことは」面接質問集に加はる

どこでもいい就職したいだんだんと平たきかほに子らはなりゆく

ああ麦茶切らしてゐたり県外の大手企業の部長の前に

誰もみな語りたがりて人材課の課長さんら
の三月十一日

模擬面《もぎめん》接を繰り返しをり大地震《おほなゐ》に毀《こぼ》たれし
ものの気配のなかで

放射能不検出とふ小さき紙を入れつつ詰め
る浜の加工場

石巻の瓦礫拒まる「精神的苦痛」とふ訴状
理由によつて

原発に子らを就職させ来たる教員達のペン
だこを思《も》ふ

夏　草——八月

ナビの指す「目的地」なれど家の跡すらわ
からざる夏草の丈

荒町の従叔父《をぢ》家をまたも見つけられず海を
左にして戻りたり

一本松渋滞のあり関東の車つらなる陸前高
田

樹は砂に還らんとして立ちながら噴きあげ
てゐるいのちの水錆《みさび》

可愛がりくれしひとらの死んでゆく浜から
遠き仮の住まひに

唐桑に帰りたい、と千羽鶴の一羽一羽の中
に書かれて

噴きこぼれさうでこぼれず厨にていませめ
ぎ合ふ白き波あり

片靡き——九月

ゆふぐれの川より一本釣りあげてまだ濡れ
てゐる歌の生《なま》成り

右肩に背負《しょ》へばことばはびちびちと跳ねて
いつもの小径を戻る

病みてのちいくたび辿る散歩道からだを風
に濾過させながら

病みし頃は更地なりしを石目調の家の七軒
八軒の建つ

暮れ残る空を映してほそながき開渠にみづの遠ざかりをり

五年ひと区切りと言はれ四年目の秋の過ぎゆくききやうかるかや

見はるかすかぎりの田面《たも》を片靡く稲はその穂の重みのままに

鱗　雲――十月

いつの間に眠れるふたり鱗雲の影をまぶたに過らせながら

この部屋に生まれたてなり開きゆく目にあふれたる午後のひかりは

わたしたちかうしてをればしんしんと土台ばかりの町より遠く

もうあらぬ縁側を思ふシクラメンのつぼみ並びし秋の縁側

隣より骨太の手が伸びてきて光まみれの黙《もだ》を抱きぬ

たつぷりと失くせしのちの中空をアキアカネ打ち寄するいくたび

搔き傷——十一月

耳の奥の奥の小さき窪までも潮騒で声で水草である

後れたるいのちとなりて秋の蚊が長き手足を岸壁に擦る

痒みとはぶりかへすもの海風のなかに搔き傷盛り上がりをり

指に目は確かにありていつかしら熱《ほめ》く在処を探りてゐたり

もう海になりつつあるか打ち寄せてしまへば平き水の一枚

否、未《ま》だし。海のきびしき圧のなかを幾たびも押し上がる力は

まなこ——十二月

身に深く言葉しづめて教室に子らはまなこ
を軋まするばかり

あまたなる死を見しひとと見ざりしひとと
時の経つほど引き裂かれゆく

震災詠はもういいぢやない　座布団の薄き
の上に言はれてをりぬ

凍み豆腐干し柿大根　東北の手仕事に降る
雪のつぶてが

放射能検査サービス一リットル分のシメヂ
を検体として

一センチほどに刻める検体のシメヂの汁の
流れてきたり

大風の明くる朝にはくさぐさのもの落ちて
ゐてだるま、犬小屋

大風のちからに打ち寄せられしかと捜索隊
が浜に集ひぬ

気温〇度水温一〇度小雪舞ふ浜に本年最後
の捜索

硯――二〇一三年一月

嵩上げの高さはいまだ折り合はず長き助走
の季節がつづく

おおいおおいと叫《おら》びたる声かるがると海風
に押し戻さるるばかり

なだらかなる硯の丘に陽が差して影は春へ
と折れてゆきたり

全きものならざる性を名付けられ書道半紙
の半切《はんせつ》、聯落《れんおち》

柔らかき笑みのままにてたふれをり地震《なゐ》の
のちなる鳴子こけしは

明　滅――二月

磁気テープ　端切れ　ビニール　いまもな
ほあの春を絡ませて木の枝

地震《なゐ》ののち海辺の家へ急ぐひとの一筆書き
のいのちなりけり

生きてゐるうちに戻れぬ土地ありて風に明滅するヤブツバキ

右の間にをらざるときは左の間簡素な暮らしと笑うてゐる

姓名の一部を仮名にひらきつつ笑まひかけくる選挙ポスター

原子力に関はりゐしをまづ詫びて復興討論会の始まる

三度目の春の早蕨　ふたたびを食するものの増えてゆきたり

風力も火力も原子力もみな同じ記号に地図に描かる

下請けのその下請けの下請けのけふ浜通り雪マークなり

汚染土として積まれゐる土塊に花の種あり十万年を眠る

十万年先にも咲いてゐるだらうか薄紫のキクザキイチゲ

葉の面《おも》に白き雨跡うつすらと捉へ難かるものをとどめて

リアス／椿――三月

祈ること移りゆきつつ二年《ふたとせ》を海に向かひて手を合はせたり

浜に陽はななめに射してこゑ持たぬ椿の粗く耀ふばかり

幾たびも繰り返し来し生き死にの打ち寄せてうちよせて花びら

椿ひとつ波のあはひに浮かびしがいつしか消えてうつすらと錆

女なり男なりを超えたるかたち網に掛かりて帰りたまひき

みなどこかを失ひながらゆふぐれに並びてゐたり唐桑郵便局

切り岸にたわみたる枝　日もすがら強《こは》きいのちを風に吹かるる

時折を想ふ水漬きしわがピアノの弦断つときを　極まる鳴《めい》を

木の股に溜まれるみづのうらうらと零れゆきをり灰白の肌

ぎざぎざの海岸線を咲き継いでゆく椿なり
咲き継いで照らす

額——四月

祖母は祖母の花どきを生くつやつやと桜色
せる額のなかに

二日起き二日眠れる繰り返しの眠れるけふ
にたまたま来たり

この部屋にてあなたは水に漬かりゐき眠れ
る祖母の額《ぬか》へと触るる

波模様も漉き込まれゐてひたひたとこの世
の光満ちてくる午後

たま——五月

水を張るそばからかはづころころと玉を吐
き出づ澄みとほるたまを

根の抜くるときの真空　苗箱を用水路にてがしがし洗ふ

薇《ぜんまい》はほどけてしどろ参道の脇のなだりに糠雨を受け

こまやかに傷負うてをり春の日の半透明の俎板の面《おも》

「日本国の人に限る」とあるを言ひ断念させをり進路面談

北の海に北の波立つジョバンニの父が約せしラッコの上着

フジツボ――六月

幾つ代を生《あ》れ継ぎ来しかかの波ののちを泡立つフジツボの群れ

毀《こぼ》たれしままの岸壁ひとの耳に届かざる音《ね》に水打ちつづく

アスファルトの罅のあひにも隙間なくフジツボのあらたなる宿りは

集落をいくつ流してうらうらと春の潟辺にひかりあまねし

ままごとをせし海の端《はた》透きとほるクラゲを夕のおかずとなして

缶切りもなし栓抜きもなきものはみな海底《うなぞこ》と思ひて暮らす

海辺より呼ぶ声せると寝床から起きて出掛けし真夜中の父

引つ張つて行かれぬやうに母と吾と父を挟みて眠らんとせり

びしよびしよのこゑ水際《みぎは》よりのぼり来ればからだを貸せり夢のからだを

どんなにか遠くの腕から打ち寄せていまこの潟を浸したる水

山の手にしまらくをゆけばあらたしき瀬織《せおり》津姫《つひめ》の社ありけり

はためくものみな失はれこの浜に風の強さを測れずにゐる

剣をもて波に向かひし根口万太郎日清戦争ののちの海嘯

百年のひといきに来てたぶたぶと波に洗はるるばかりの浜辺

いまはいつのいつのいつのいまなる岸に沿ふ潮《うしほ》にはじけ跳ぶ遊走子

幾億のフジツボの生　春空に口をひらきて叫びてゐたり

ひかりとはこゑでこゑとは波のうねりで海をいくたび渡れるひかり

まだ波になりきれぬ波があることを思うて立てり昏れきるまでを

開会式──七月

坊主刈りのレベル一段進ませて稀なる休みの後の野球部

飯を炊く釜まで撮し野球部の大会前の取材は終はる

開会式に立つ子どもたちひとりづつの中に満ちたる水を揺らして

地震《なゐ》ののち増えたるもののひとつなり田の面《おも》にびつしりとアメンボ

立ちのぼる水の匂ひに六月の林道の中つむじをひらく

靄と靄のあはひの今を踏みながら路はいつしか下りに入る

エゾといふ名前を負へばいつまでも辺界に立つエゾノギシギシ

出　船——八月

あまたなる綱めぐらせて一隻の大型船の朝光に輝《て》る

甲板の手摺りに凭れ出船前をぼんやりとする船員のをり

差し入れは左舷からなりビール箱を軽々渡す腕受くる腕

勢へる出船送りの打ち囃子の傍へに涙を拭ひたる人

大城バネサ「三陸海岸」岸壁を大音量の演歌が揺らす

いち速く去りゆく船へ間もなくを発つ船乗りの手を振りてをり

見送りの旗ひるがへす子らの列に船の舳先《へさき》の差し掛かりたり

船往きしのちしばらくの時掛けて岸辺に辿り着く波のあり

目にかかる髪を幾度も払ひをり海から海へ吹いてゆく風

花　野——九月

川風にこぼれてゆける萩の花まだ定まらぬ秋のかたちは

夏物を仕舞ひ冬物取り出だすいとなみのなか翳りゆく午後

喪のけふも祭りのけふも数行に約めて母の三年日記

幾ほどの時経ちにける　海の穴に一本いつぽん花挿しゆけば

自動車を手放す　ダッシュボードには余震の夜に火を焚きし跡

まづ影がはたたき始む勢ひを失くしつつある独楽の回転

胴——十月

銀白の胴まるごとを打ちつけて波砕きゆく鮭のひたぶる

水涸れの川のどん詰まりその先へ行けざる鮭のあまた果てをり

百匹は絶えてゐるなり累累と見渡すかぎり川縁に鮭

水底《みなそこ》と水面《みなも》の流れ異にして秋の光はしきりに揺らぐ

死にたるとまだ生きたるがきらきらとゐるばかりなり青野沢川

川波に鱗は溶けていつぽんのいのちの流れきらめいてをり

土台のみ残る敷地の片隅に根深のみどり連なりて立つ

向かうには火を焚く煙がらんどうの野に立ちのぼり時に乱れて

あとがき

東北の長い長い海岸線。
そこに、津波が来ました。
ひとつずつの入り江に、そこで営まれていた暮らしに、受け入れてきたシステムにも、
津波が来ました。
実家は気仙沼市唐桑町にある神社です。
津波が来ました。

二〇一一年三月一一日　東日本大震災発生。

これからの人生は、そののちの人生です。

二〇〇九年から二〇一三年まで、三〇代後半から四〇代にかけての、四三二首をおさめ、第三歌集といたします。

塔短歌会の皆さん。早馬神社の神様。周りの大切な人たち。ありがとうございます。

そして、簡単には会えなくなってしまった、たくさんの、たくさんの方々。歌が、皆さんにいくらかでも近づける言葉であれば、と、思ってきました。

出版にあたり、砂子屋書房の田村雅之様、装幀の倉本修様にはたいへんお世話になりました。心より感謝申し上げます。

二〇一四年三月　　椿照る日を心待ちにして

梶原さい子

自撰歌集

『ざらめ』（抄）

I

浮　力

反りかへるバナナの皮を剥くやうに列島に
春なめらかに来る

染木綿《しめゆふ》の布巾はきちり絞れない春ひたひた
と厨に満ち来

春の夜も皿の配列変はらずに棚にありたり
星は巡るも

運命線を消すかとまでにしやきしやきと洗
ひし米は冬越えし米

緩慢に歪める渦を巻きながら春の底《そこひ》へ磨ぎ
汁はゆく

フライパンを揺りあげをればオムレツの黄《きい》
のびやかな浮力となれり

表象の国

靴洗ふ春のまひるに沈めても沈めても浮くあかるきエロス

ひたすらに根伸ばす先にあるだらう四月の日差しの奥の堅洲国

釜底のお焦げのやうな香ばしき欺瞞を持ちてひとに逢ひたり

鍋蓋にびつしりならぶ水滴の行き場のなさにけふも暮れたり

固茹でにすればするほど黄身の持つ青さが溶ける春宵である

花が咲き散りゆくことのなつかしさわれ表象の国に生まれて

花図鑑

コッヘルと言ふとき喉の奥底で爆ぜたる遠きいくつもの空

花図鑑を開くがごときときめきがあり今朝もわがクラスにゆかむ

ためらひ傷を熱源として青白く少女の燃ゆるカウンセリング室

千枚の硝子一度に震へたり学校とふははるけき伝播

オルガン

茶畑のだんだん畝を上るやうに向かっていきたき人ぞありける

弦月の夜はくらくらとオルガンは開かれるまま開かれてゐる

ゆつくりと傾きてゆくその斜度をはかれぬままに落つる　汝が坂

体内のスイッチオンのまま眠る祭りのやうな夢生きたくて

水を飲む男が好きだ蔭森へあるひは暗渠へ
入りゆく前の

なじむ

鸚鵡ゐて吐いてをるなり美しき油膜をまと
ひたる言の葉を

まづ仮設便所が建ちぬひろいひろいひろい分譲ニ
ュータウンの荒野に

けふは菊けふは竜胆途切れなく車道の脇に
手向けらるる光

いつまでも髪は肩には届かねどけふ旅鳥の
一羽を迎ふ

丈高きポプラのがうがう鳴つてゐる球場に
ただ踊る猫あり

W

旧式のストーブなんぞ焚きたるはガッコウ
ばかり　とごねつつ寄り付く

ストーブに大鍋かけて豚汁を煮る数式も地
図も味噌の中

When Where What Whyと乳白の玉をいく
つも子どもらは吐く

答案を束ぬるゴムの弾性にかすかに打たる
冬の教室

冬晴れ

冬晴れの美《は》しき日である鉄筋の病棟にひと
仕舞はれてゐて

ふかくふかく呼吸をしたい鍋底に生まれゆ
らりと立ちのぼる泡

ぐらぐらと光はねぢれ鍋底をふとよぎりた
る鳥のありたり

荒《あら》びたるもの閉ぢこめよ教室の真中、鋼《はがね》に
囲はれて火が

数式

教員になつてなければ――ゴム印に逆しまの名がひりひり浮かぶ

印鑑をつくとき紙が皺寄れるほどのかすかな苛立ちである

花巻の農学校には賢治だけぢやなく国語の堀籠先生もゐた

お隣の温泉旅館に源泉を売り暮らすひと英語教員

湯湯婆を抱きて月経痛の子が保健室より漂流して来《く》

鉄筋の中で千もの消化器がことこと動く五時間目なり

頬づゑの凝視のくしやみの三人のサトウカナコが棲める教室

火星見えると地学部が全校放送し夜市のやうな屋上である

複写機に光とほりてゆくときの外にあをあ
を雨燃えてゐき

七不思議

千人が朝やつてきて千人が夜に帰りきたぶ
ん帰りき

たぶん皆堪へてゐるのだ教室の窓に横顔ば
かり並べて

ねえセンセイ窓から見える風景が実在する
と証明できる?

Σ《シグマ》とか√《ルート》とかいふぎざぎざを愛して死んで
ゆく人もをり

Ⅱ

貸しパジャマ

遠き地の病室に母ひとりあり月千円の貸しパジャマ着て

病棟の窓はいつでも日暮れなり遠き木立の残像ゆかし

病院の湯槽に母の下肢揺らぐ六月七日にメスの入る下肢

夏川は見えつ隠れつ高みより針運びよき母を思へり

二十世紀

キッチンの三角コーナーに澱みたる夏のけだるさとほきかなかな

桃を剝く母のひぢまで水蜜はつたひぬ稚《わか》き家族でありき

山の辺に人の生きをる証とて神燈ぽのりぽのりと灯る

水脈をたどる旅より帰り来ぬ母が茗荷を刻める頃に

山姥

寄り合ひのバスにぎにぎし人間の皮被りたる何かにて

御守りの金の小鈴が夕焼けを吸ひ込みすこし震へてゐる

主なりし人の柩にまるまると眠れる猫の三界の夢

ふいに猫何処かへ行つて仕舞ひけりそれきりけふまで未だ秋

III

春の喪失

奪はれし詩を捜すため深々と分け入るので
す青き野生に

甘やかに匂ふばかりで水草がそこにきらめ
いてゐたことなども

楽章のをはりの音をいつまでも探しあぐね
て野づらを辿る

いつかまた取り戻さうか春の日はゆつくり
ゆくり死に続けたり

くちびるを春にうづめて交感す胸の小石が
からから鳴つた

濾過

ＢＧＭに統べられてゐる部屋ひとつ　いま
はまだ少しひなた

スピーカーの厚き網より絞られて絞られて
ジャズの恋

此方より彼方へ撓ふふたすぢの電線　抒情
とははるかなもの

この空に「ゆふやけ」といふ呼び名など無
き頃の粗き耀《かがよ》ひを見る

色丹の島

色丹の島に棲むひと啓蟄は丁寧に髪を洗ひ
をるらむ

煮崩るる金時豆のむらさきの楕円　あした
は抱かれにゆかむ

瓦斯灯の甘さのなかで港町がうらぶれてゆ
くまでを見てをり

汚きを流しやるため袖口が濡れて厨は黄昏
の島

台所の床板ほのかにあたたかしひとりで煮炊きする夜中さへ

万華鏡のまはるしづけさ未来とはひつそりと浸しくるもの

触覚をゆらりと伸ばし探る夜は深く深くあり夏の幕開け

蟹とザリガニ

少年の夢から蟹があふれ出し教室中を這ひ回る新月

遠き日に名前をつけし人形の面影烈しく思ひ出づるとき

Ⅳ　秘密探偵（一幕四場）

第一場　法則

うるはしき便器のかたちハトロン紙をまるみに沿うてちみちみと貼る

家内制手工業制紙製の便器の白が部室を席巻す

台本に朱を入れをれば冷えゆきぬホットチョコレートの粘性が

薄ベニヤ《うすべに》を切る切り口のぎざぎざのなかなか暮れやまざる夕つ方

部室には部室のにほひ厳かに木工用の糊が光れり

マネキンに名前が付いてこの世には計り知れない法則がある

第二場　天蓋

発声練習

胸腔へ空気を満たす目の奥にねぢ花の色揺れたるやうで

Ma-Ma-Ma-Maと発語するとき懐かしき仔牛のかほに皆なつてゐる

幾たびも硬口蓋にぶつけたるLaの音が最早春星となり

腹切りし父の眠りの奥処には何色のゆふぐれがあるだらう

まるで春の潮干狩りの砂の中にゐたやうな父の胆嚢

わたくしの恋とか親とか知らぬのにステージに子ら泣く仕草せり

病室の窓より父は見をるらむ空と山とを分かてる線を

S音の余韻のなかで劇場にまつすぐ夜が降りて来るのだ

第三場　裏方

劇場の裏手を発ちて自転車は水張田に溺れ
てゆけり

JR福知山線脱線事故

車両にも線描かれをりその線が捩れて雨の
降る尼崎

車両など造つた人もゐただらう屹度その夜
哀しんだらう

まつすぐな心に倦みて仕方なく栞を垂らす
まつすぐの他なく

調光の部屋へと続く階段に鉄の手摺りはい
つもか細い

シーリング室より舞台を見下ろせば役者は
咲いてゐるしかなくて

風が吹く舞台奥よりまつさをな風吹き秘密
探偵現る

第四場　予感

公演のポスターを貼るいたづらに春の透けたる窓硝子あまた

立ち上がればすぐ畳まるる座席なりひとりが死んでひとりが生まる

子を産まぬ予感のありてよその子の眉うつくしく整へてをり

むすめらは屹度泣くのだ清き手がカーテンコールに拍たるるときに

—幕—

Ⅴ

せんせい

不合格通知の封は軽《かろ》きもの運ぶ廊下に冷気
の滑る

だめでしたせんせいと泣く子の前で先生と
いふ名を取り戻す

はつ冬の光をよわく受けながら少女の線が
泣いてゐるなり

埋むるほど希薄になりぬＡ３の推薦用紙の
ことば　枯野よ

しらかみ

死にしひとの作品ばかり飾りたる岩手県美
術館のあかるさ

雲がみな彼の世へ吸はれゆくやうな一点透
視図法のゆふべ

潮満つる前のしづけさ譜面台のうへのしら
かみぼんやり点る

車窓より見ゆる白肌《しらき》の校舎にもきつと手首
を切る少女ゐる

こんなにも迷うてゐるのに青信号するする
とわれを許すなよ

薄汚き玻璃ごしにしか東北の二月の春は許
されざりき

踊り場

鳥の啼く昏きを森と呼ぶならば森をいくつ
も孕む教室

一斉につむじを西へ傾けて答案用紙を子ら
は埋めゆく

踊り場の隅に落ちたる紙切れに「春は。」と
書いてある昼下がり

面談を終へて窓より何層の空か測れぬそら
を見てゐる

遠からず狂ふ時計をはめながら春の川端を歩きてをり

急行の列車はあつさり町を過ぐむかし誰かが名付けし町を

器　～加護坊山へ行きましたね～

おのおのの青き磁石をふるはせて少女は（整備済）荒野をめざす

ポットには茉莉花茶　歩むたび渦が生まれて渦が滅びて

たとへばここに野紺菊と名付けられた光の総体があります

たましひを振り落とさむと幾たびも子ら滑りゆく秋の斜面を

ダンボールと草のあはひに熱生れてわたしの恋を子らは知らない

緩斜面を登り来る子の俯ける頬からまづは秋燃えてゆき

あの子たち器ですからみづみづと秋の日昏
れのつめたさ映す

いつかきつと刻《しる》さるるからだ　男とか男と
か淋しきものを

女子高生つて哀しいよねと女教師の語り合
ひたる夜の饂飩屋

過ぐらくのものだとしてもだからこそ逆光
に滲む秋が今、ある

宝　石

茱萸《ぐみ》の実をたからのやうに光らせてプラッ
トホームにむすめらは待つ

金づちを握る手首の拙さに秋の日暮れが近
づいてゐる

みんなざらめになつてしまふよ刻々と秋の
日暮れが失はれゆき

刈萱の名前を教へてくれし祖父逝きて二十
年目の秋茫々

母の手を曳きてしづかに坂をゆく蒼天もまた冬に動きて

秋も過ぎてゆくのですからつくづくと預かりもののからだを洗ふ

遠く遠く咳く声が聞こえたりアパートメントにはや夜寒来て

雌鳥が括らるる夢沸いてゐるどこかの厨の笛吹きケトル

おろし金鈍く光りて根生姜のすぢ根に夜、ああからまれてゐる

あとがき

小さい頃、家族に隠れてはざらめを頬張った。それは、祖父の部屋の作りつけの細長い戸棚に仕舞われていた。瓶は不思議に光っていて、見ていると、いつか遠くへいかなければならない予感がした。それでいて永遠に何も変わらないような気持ちもした。私はあわててざらめを頬張って、じゃりじゃり噛んだ。

＊

本歌集は二十代後半から三十代前半の作品の中から約四四〇首をまとめたものである。暦年で言うと、平成九年から十七年。現代詩を書いていたところ、「抒情文芸」という季刊誌をきっかけに短歌を創るようになり「塔短歌会」に入会した。それは、女子高

に勤め夢中で過ごした季節と重なる。光っていた。ざらめのようで、決してなめらかではないけれど、だからこそいとおしい日々だった。
　構成は五部で、年代順ではないが、季節の巡りのようなものは表れていると思う。また、Ⅱは家族詠など、Ⅳは戯曲風、Ⅲは「求める」ということをテーマに集めてみた。

＊

　今回、四人の方から栞文をいただいた。たいへんお忙しいところもったいない評をいただき、心より感謝している。清水哲男さんには、抒情文芸の現代詩の欄からたいへんお世話になっている。大口玲子さんは構成のアドバイスなど実に快くしてくださった。お魚おいしかったです。花山多佳子さんには、歌集をつくる上で全体的なアドバイスと励ましを頂き本当にお世話になった。吉川宏志さんは目標としていつも私の中に存在されている。本当にありがとうございました。

また、河野裕子さんには抒情文芸でもお世話になり、塔に入会するきっかけを与えていただいた。
　そして、いつも支えてくれ、いろいろなことに気付かせてくれる周りの皆さんの存在と早馬の神様に感謝します。
　最後になりましたが、青磁社の永田淳さん、装幀の花山周子さんには、たいへん親身に相談に乗っていただきましてありがとうございました。心から嬉しく思っております。

また、春が来ました。何が始まるのでしょう。

平成十八年三月

梶原さい子

『あふむけ』（抄）

Ⅰ

縄を綯《な》ふ——三内丸山へ

第一場　みどりの切符

森へゆけと誰かが言つたゆきますと応へてゐたり醒めぎはの夢

どうせなら森の果てまで行きたくて風の流るるホームへ立てり

青森行　六時五十二分発はやて

全席指定の透明な檻　眠ればいい手負ひの小動物のごとくに

一心にあのひとの棲む町を去る列車揺れつつまた傾ぎつつ

第二場　海の底

そのむかし青森駅は海のなか　海の底ひにそつと降り立つ

水際をめざして歩き出すブーツ　ヒラメと
蛸と擦れ違ひたり

遺跡行きのバスの中には女だけをんなのに
ほひとをんなのあたま

みんなみんな堪《こら》へてゐたり触れたなら零れ
てしまふ水のふくらみ

第三場　ガラスの骨

古層より掘り出だされし魚《うを》の骨きびきびと
血を持たざるものよ

水晶の鏃《やじり》をつがへ狙ひしは牝鹿《めじか》の柔きお尻
のあたり

石の価値

むらさきの果実を裂けば尖りたる刃物とし
ての存在理由《レーゾン・デートル》

琥珀には閉ぢ込めらるる虫のゐて遺跡とい
ふは無限の曙光

第四場　縄——あのころの夜

葉の鞘を取り除きたり稲藁《いなわら》の乾く匂ひの籠
もれる小屋に

女らは小さき小槌を男らは太き小槌をああ
振りおろす

づんづンたんたんたンづんたンづづた
ンづたたたたあン

両つ音《ね》の混じれるほどにひしやげたる藁の
匂ひは立ちのぼりたり

始まりの喜びがあり二組の藁を合はせて捩
りゆくとき

「撚《よる》」といふ字が燃えてゐるてのひらが熱い
あなたとわたくしのてが

那《な》と吾《わ》とがひとつに溶けてゆくことの　縄
の編み目の玻璃の毛羽立ち

一本の縄の太きに沁みてをる素朴な液を愛
してゐたり

縄の目を器に仕立て焼き締めばそのでこぼ
こは光生む、影生む

第五場　喫水――あのころの海

編布《あんぎん》の破片は海に散らばりてたとへば星の
形のヒトデ

釣針の尖りは月の満ちるときやはりしらしら輝くだらう

村はづれの小さき入り江　栗の木の櫂は水泡《みなわ》をつぎつぎと生む

いつだつて挑むときには　怖れつつ昂まりてゆく男とふもの

海獣が滑りゆくとき海獣の乳房水際《みぎは》を歪みて踊る

第六場　赤子の墓

小屋のかたへに墓あまたあり小さき子を埋めし甕などとりわけ近く

墓の土に僅かに残る脂肪分ヒトを喰らつたらう虫のゐて

鍋なりし釜なりしもの灼きにけり八〇〇個なる赤子の柩

お母さん、子どもを亡くしたお母さん。山桑の実は黒く熟しぬ

木漏れ日を淡く映して大珠の翡翠は母の胸にありたり

母型の土偶の中の昏やみにほのかに秋の熱籠もりゐて

産まないでこの世を生きてゆくときに乳房は固く青めいてゐた

子を産まずごめん母さん　縄文の平均寿命を超えた。わたしは

第七場　さやぎ

わたしたちは魚であつて獣であつてそれでもいまはわたしたちでゐる

奪はれつつひろがつてゐた　焦がれたりあなたの持てるゆふべの指に

肉叢《ししむら》がかすかに戦ぐ村の奥の森の芯まで闇となるとき

身の熱をせつなく映し黒曜は雫の形となれり　揺れをり

結ばれはしないふたりも触れ合へば残して
しまふきらめきがある

＊

三内にゆふぐれは来る隈取られ確かにしる
きゆふぐれが来る

さやさやと息づける森　振り仰《の》けば無数の
女さざめいてゐる

誰の中にも戦いでゐたと　脈々とをんなの
ひとの養へる森

その森のさやぎの間《あひ》を歩むとき右足も左足
もひとつづつの奇跡

＊

森へ行けと誰かが言つたゆきますと応へて
ゐたり応へて、立てり

Ⅱ

透かし絵

推薦書まだ仕上がらぬ　冷え冷えと夜に鉱
脈は横たはりゐて

情欲はさびしもコンロに青き火がつまみを
戻すまでは燃えゐて

深き井戸からだにありてけふはもう水も汲
めずに横たはりたり

ひとふでにからだ描けば抜け落つる真ん中
だけが夜に沁みてゆく

青き藻

縫ひ針の穴のむかうに世界ありそこでも撲
たれ蹴らるる子ども

「疊」とふ文字に敷かれし十五枚のたたみ夏
日に褪せてをりたり

二番線の隣は三番線であり声音の違ふひとびとがゐる

引き上げてみれば青き藻ざわざわと週末の沼にまた生えてをり

両指をそつと組み合はするごとく祈れわたしの貧しきあばら

山葡萄

一群《ひとむれ》といふ美しさこの星の陸半球に山葡萄照る

わたしから彼女へ蜻蛉が飛び移るやうに気軽に日々がゆくこと

阿弖流為《あてるゐ》の裔なり顧問に叱られて涙堪《こら》ふるこのむすめらは

見ず知らずのちよんまげの方の生き様をぶつぶつと子ら暗記してゐて

幾重にも声の渦巻く昼休み弁当の豆もやし光りぬ

やはらかき尿意が兆すひたすらに品詞分解しゆくさなかを

部品嵌むるひとと部品を外すひとと喫煙所にて目礼をせり

木や川がやさしく歪みうづうづと象形文字になる夕まぐれ

大根はフトモモ科だと騙《かた》られてつくづく白き肌《はだへ》を見たり

湿地《しめぢ》でも占地《しめぢ》でもよい夕暮れの鍋にぐらぐら渦巻いてをり

半熟

半熟の黄身破れたりこの秋も淡く無闇にひらけゆくのか

日のくれはあなたに帰りたいけれどできない透いてゆく厨の火

あのひとのゐる遠き庭ネクタイをためらひもなく緩めただらう

ねこまたよ聞いておくれよ熊笹があんまり騒《さや》いで胸が苦しい

うなだれて洗ひつづけるこの世なる薄明かりなるひとつのあたま

まづ腕をさりさり洗ふ少女期より変はることなき明快さなり

蛤と人との異類婚姻譚それでもいいとさらさら思ふ

極　月

森はいつも騒《さや》ぎて翳るくらぐらと森の色なるワンピースもまた

あをみどりとみどりあをほど違ひたるふたり遠くの雨やまざりき

クリスマス仕様の袋を提げながら誰も彼もが誰かのもので

三万羽の雁を観てきて湯に入る　人より鳥の多く棲む町

春の熱

メールでは母はわたしを「あなた」と呼ぶ
小さき漁村に眠る老眼鏡

春の海はふるへてゐるから水の面《も》を垂直に
立て右目に嵌める

盆上の土偶に兆す赤錆のあらくまもなぐ桃
ば咲ぐのゝか

古古米を持つてぷらんと家を出る白鳥に餌
をやるための日曜

鎖にはまだ伝はらぬ地《つち》の熱ブランコをはる
かに漕ぎ出だせ

お江戸にも春は来たりて嫁菜など杉浦日向
子が炊いてゐるのだ

水垢離

蒼き朝を水は明るむ滔々と流れし果てのひ
とところあり

この森はこの朝霧に覆はれて交歓のつめたき悦びが

帷子がぼんやり白い　春川に透けるほど胸も喉も浸す

川とふはいつも狭間にあるものでからだの芯がぶれてゆきたり

水に緩む乳房の端に足持たぬものらついついと挑みきて

柔らかきところばかりを吸ふ口よ悲鳴のやうに痒みが来たり

柏手を打てば昏めるてのひらの中からの波、波に統べらる

裏表水に叩かれゆくときにひとつづつひらかれてゆくドア

滝に打たれて泣いてゐたのはわたしだつたか誰だつたのか

わたしたち　やがてすべてはいちまいのあはく点つてゐる地表水

明け方の船

海星やら海月やら多々沈ませて故里の夜の浜きらめきぬ

明け方に出てゆく船よ女らの微睡みの辺《へ》に淡く触れつつ

おとうとがもうすぐ妻をもらふらし紫蘇の青葉をぷちぷちと摘む

その翅に金のしづくをつけて飛ぶあはれ蜻蛉は肉喰らふ虫

抑　留

遠いところ遠いところに手を置いて背泳の七月がありたり

シベリアの捕虜収容所《ラーゲリ》もまた夏ならむ祖父の二十回目の遠忌に

一日に黒パン二枚与へられシベリアの地に祖父囚はれき

氷点下四十度より寒ければ作業は休みになつたのだとふ

倅、元気か。とふ書き出しで綴られし幼き父への軍事郵便

職業「兵」と引揚證明書にはあり祖父は三十七歳だつた

おぢいちやんはそば好きなりき光のなかで韃靼蕎麦をさやさやと茹づ

天狗、見ました——羽黒山伏体験塾

前髪を緑に濡らす坂をゆくいつもわれらは誰かに呼ばれ

月山抖そう行は過酷です

荒石を踏む地下足袋は秋の野の獣《しし》の扁爪《ひらづめ》硬く冷えをり

死にたると生きたるがこの山中にあれどばりばりただ踏みしむる

限りなき引き算のやうに思はれてわたしひとりでわたしを歩く

泥を踏むたびにぐぐつと引つ張られごめんなさいまだそこへ行けない

月山の山頂にある神社には夏中若き神主暮らす

天狗相撲

二十四の褌と尻　男とは体であつた時代がありき

再生のための火渡りえいえいと言ひて火《ほ》の根を越えてゆきたり

海境

脈々と瓦のうねりゆくところ海境《うなさか》の辺《へ》にばばさまは棲む

幾遍もわたしの和柄のスカートを祖母褒めくれてまた眠り入る

おばあちゃんからすりやわれはいつまでも二十歳くらゐでひろがる沃野

顔面の皺は左右に打ち寄せてこのひとはこんなにかはいくなつた

トイレまでの道は長いよ鏡台に般若の面がぼおつと燃えて

よちよちと厠へゆかんとするひとの力いつぱい振る黄色い手

ちちぶさを持ちあげやればその下を篤と洗ひき美乎子九十三歳

ああひどい雨だと祖母は起きてくるこんな月夜に何度も何度も

光りたるこけしのあたま　なみだなど流さぬやうに蠟を塗られて

去る者たち

離任式に寄り集まれる卒業生　色抜きたての髪ごはつかせ

ステージに銀色の椅子並べられわたしたちただまばゆむばかり

この町の花は無数に剪られたりけふ別れゆくひとらのために

どこまでものびゆくことは出来なくて埃まみれの延長コード

校庭にレーキをかける子どもらのからだい
つまでも暮れなくて

誰もみな坂をくだつて行つてしまふ校舎は
小高き城跡に建ち

椿ひとつ川を流れてゆくときに声すらあげ
ることができない

鳥群《とりむら》が空をたわめて行き過ぎるまぶしから
うか去る者たちは

歯みがき

駆け出してゆく夏のため板壁に立て掛けら
れてゐる捕虫網

喩に満ちたこの世なのだらう？　あのひと
は一本のナツツバキの瑞木

逢はないと決めればそれは簡単でなめらか
に白きとろろを啜る

きつぱりと別れてしまふかぽたぽたと茄子
を伝つて落ちてゆく水

二の腕の内側白きこと言はるどこにも行き
場なき夕暮れに

次の火の打ち上がるまでを待つやうな心の
ままの夜の歯みがき

おとうと

道端に梨売る男　傍らの岩波文庫が日に晒
されて

おとうとの子ども身籠るそのひとと「譲れ
ないもの」の話などする

豆御飯を噛み締めてをりそれぞれの塗り箸
光る夏の板の間

ためらはずふくらみ断てばあふれたり海鞘《ほや》
の臓より八月の海

おとうとはとほくてたふとい　其の背なに
いつより触れずわれらねびゆき

タヌキ豆

その丘に至極まばらに生えてをり色の脱けたる婆の陰毛

会へばすぐ帰る日を問ふ美乎子にはわたしはいつも去つてゆく孫

をばさんは時折噎《む》せる夕ぐれの秋の露店に面売りながら

化粧水の壜を振り振り混沌をまぜる少女よ荒女神たれ

横ざまのビールケースに日が伸びて静かに交響曲が聴こえる

青きもみぢ――修学旅行引率

ガラガラとキャリーバッグの連なりは田舎の国道沿ひのうるささ

遅刻せぬためにゆふべは乗用車の中で寝たとふ齋藤和也

飛行機が無事に飛んでも歓声を上げぬやうにと釘をさされて

ドリンクをスチュワーデスに頼むとき渋味を帯ぶる未成年なり

留守番の少年二人みちのくの図書室はまだ火の気がなくて

新聞にポール・ティベッツの訃報あり原爆投下せしかの機長

ハンカチを持たざるゆゑに少年の指は濡れたり資料館にて

資料館より平和の灯へと歩むとき目眩のやうに夕暮れが来る

三世をわたしは産んだかもしれぬ日暮れに透けるヒロシマの街

絵葉書はいつもかなしい水彩に滲んでしまふ遠き相聞

その背なは秋のくさはら日溜まりを負うて牡鹿はこちらへと来る

鹿の背をしきりに撫づる少年の　父親の手をいまだ知らざり

お櫃ごとお代はりをするうら若き仲居さん
など戸惑はせつつ

外出しカップラーメン提げてくるどこまで
喰ふのこの男たち

まだ青きもみぢは夜に犇めいて少年の見る
母さんの夢

婆ちゃんに何を買はんかそればかり心配し
たり坊主頭は

もみぢ饅頭《もみまん》を十箱、八ツ橋十二箱、親戚多
き土地柄である

桃色の「旅行のしをり」握りしめ野郎つ子
たちは祇園を駆ける

少年の日はうつろへり大部屋にいまはひと
りの気配もなくて

縦笛

学校にはあまたのフック取りあへず今日を
吊るしてゆらゆらとする

取り上げし光いくつか抽斗の奥にピアスは埋もれてゆきぬ

縦笛に口づけてゐる子どもたちみんながみんな目を見ひらいて

この朝もカーブミラーは凍りをりイチかバチかで左に曲がる

III

キイロイ乳

乳房《ちぶさ》は沼　行き場なき黄の乳がしづかにしづかにあふれてきたり

下着には黄色い汁が沁みてゐた怖ろしきほど夏黙しける

放射線技師はきれいな眉を寄せ乳房を板に張りつけむとす

マンモグラフィーに乳房ひしやげて黄の汁
はむやみに機器を濡らせるばかり

現像後の大き光画を渡すとき技師のをんな
はひどく瞬く

青年医師はとても元気だいきいきと口にの
ぼらすパーセンテージ

穿《せん》刺《し》吸《きふ》引《いん》細《さい》胞《ぼう》診《しん》　麻酔などせず長針を——
——突き立てたり

病院のポスター怖い笑顔でもさうでなくて
も薄いいのちが

病棟の昼休みにはわらわらと小豆のパンを
買ひに来るひと

黒い車が二台続けてやつてきて左右に別れ
てゆける三叉路

不自然なかたちであるとわかりつつ身籠ら
ぬのに乳したたらす

異形だとは知つてゐましたある夢の醒めぎ
は赤子をばりばり喰うて

死ぬのだなと思ひつつ歩く高野山あまたの
腕が森を揺るがす

イザナイザナこつちへ来いと呼んでゐるか
なたこなたの美しき手が

女人堂の坂を下つてゆくときに夏草の熱押
し寄せてきて

告げる

良くないものが見つかりましたと告ぐ頬も
喉も瘦《こ》けたり木村院長

顕微鏡の中にゐたとふわたくしの異形細胞
うすむらさきの

出し抜けに告知は終はりわたくしは患者と
いふ名の永遠になる

ただひとりで手術日までを決めきたりわた
しの喉ではなかりし喉が

気がつけば待合室に座りをり誰からもひど
く遠いところに

いつまでも通話ボタンを押せずゐる明るき
こゑを貸してください

おとうさん。あなたを苦しめるために生まれてきたのぢやなかつたけれど

残したら　残さなかつたら　今晩も家族会議は続いたといふ

玄米を嚙み締めながら泣いてをりわが底ひなる手負ひの獣

明け方に寝返り打てばこねこねとまだ温かくひしやげる乳房

如月は怖くて怖くて怖くて怖くて変に笑つた顔して生きる

あのひとに告げたるまひる　見ひらきし瞳の中に光揺らぎて

触つてと言ひ出せぬほど窓辺から差す陽はとてもやすらかだつた

髪などの抜けて仕舞ひしのちのこと追ひ風の中考へてをり

ひたすらに授業をこなす日々である白きチョークを強く握つて

思ひ詰めた目をしてわれを見る子たち教壇の上《へ》で休むを言へば

あの子らの精一杯の添ひ方よそして誰も何も訊かない

傷口

水飴の濃さの眠りをたゆたひぬ　そこより徐々に浮かび上がりぬ

目覚むればああ母がをりそれだけを確かめてまたひたすら眠る

真夜中のおとがひの白　看護師は暗きライトに点滴を替ふ

傷口に幅広テープをぴつと貼られノートのやうにあふむきてをり

かなしみは青き水なり天井に水草の影大きく靡く

なんてきれいな傷口なのと感嘆しじつと見てゐる女性研修医

はじめての入浴の日の浴室の鏡　とてもとても深かり

点滴を引き摺りながら歩みたりここは波打ち際と知りつつ

リモコンはぶら下がりをり病室のテレビからどこへも行けなくて

わたしよりたいへんなひとがわたくしを励ましてゐる横たはりつつ

お見舞ひのプリンを掬ふ透明な匙　平たさをかなしみにけり

ねえ神様わたしはひどく忘れつぽいからかうしてからだに刻むのですか

朝な朝な鳶は描く病棟をぐるり取り巻くメビウスの輪を

鳥のこゑが朝のあかしなら病室のをちこちで鳴く体温計が

「お見舞」と書かれし封に咲いてをりベビーピンクの名も知らぬ花

陽の差せる午後の病室しあはせなわたしたちだと錯覚をせり

ひそやかに憐れまれたり病棟にええ誰よりもわたしは若い

カーテンの向かうで咽び泣いてゐるをんな
はわたし　ひとりの　あまたの

あやとり

庭をただ眺めて暮らす日々である　たつた
ひとりのむすめに戻り

幾たびか質草たりしこともあり父の時計の
あかるき曇り

海の色がもう春だねえと母は言ふ漁村に嫁
ぎ来て四十年

今もなほ触れてもいいの母さんといふあた
たかく小さな石に

治りゆく傷があるのだゆつたりとあなたの
そばにひろがるときに

嵌め窓より覗ける浜に陽が射して誰にも小
さき幸せは待つ

あやとりで作りし橋を渡りませうその真ん
中を陽を受けながら

小鍋

乳を煮しのちの小鍋を洗ふとき山の果てからかなしみは来て

助かつたことだけでもうそのほかは何も願つてならないですか

「危機の海」はた「病ひ沼」月の面《も》をそんなに名付けし研究者たち

誰もみな背中を向けて洗ひたりひとりづつの秘密抱へるからだを

十字

両腕を真横に伸ばす　空の底風に吹かるる十字のからだ

生まれしはいづこの水辺泣きながら蜻蛉は朱き夕焼けを吸ふ

道なんかもう無くなつてごはごはと日なたに乾く秋のくさはら

小春日の陽差しを食べる綿あめのやうにかなしくたゆたふものを

越えなくていい壁もあり沿ひながら行けば
かすかに木犀匂ふ

想ひ出を作りたかつた　母親と変なかたち
の岩を見にゆく

みんなむかし聖童子だつたよひたひたと秋
の三和土に足を洗ひぬ

ふゆさんご

もう隠すことは出来ないじつとりと底光り
するふゆさんごなり

水を飲むやうにくちびる吸はれをりこのひ
ともまた一本の樹だつた

すべての声すべての仕草は喩ならむと悟つ
てをりき　なだるるときに

弾《はじ》かれたのは弦だつたらうかあまりにもと
りとめもなき冬空に鳴る

このひとが声変はりせし夜を思ふ冬の星座
の傾ぐその下

次に逢ふ日はいつだらう約束は遠くに震ふ
名も知れぬ星

苦しい恋に違ひないとは知つてゐて一月の
辺《へ》を跳ぶカマドウマ

ああ鷺だ。冬の沼地に立つてゐる立ち続け
たる一本の脚

ひとところ

術後一年

冬の日の心ぼそさに引き攣れる傷　ひらか
ないひらけないいからだ

かなしみは直截に来る少年のごとき平らな
胸であるなら

傷口を覆ふてのひら陽を載せて一両列車が
停まれるやうに

この傷に封じしものをゆるやかにひらいて
ゆきぬ武骨な指が

胸の傷のその奥にあるひとところ水あり森
ありさやさや揺れる

背を撫でてゐるのはだあれ肩越しに眩しい
ほどに雨が光りぬ

悔やむのはもうよいだらうかわたくしに配
されたるはたかだか百年

にんげんの言葉を持たぬ花かんざし深き鉢
植ゑよりあふれゐる

雨を受け光を受けるはからひにただ花々の
あふむきてをり

さみどり

針がまた縫ひゆくやうな痛みなり桃の季節
を疼きてゐたり

わたくしの乳房はどこへ行つたらうか山の
奥へと探しに入る

それでもなほ生まれてきたりさみどりのや
はらかな芽は傷つきながら

少年のあなたに唄ふ子守歌　外にはぬるき
三月の雨

乳色のカプセルひとつ飲み下すけふぼそぼそと梅の花咲き

湯の中に浅く曲がつてゐる膝よ　ひとは弱くて　ひとは強くて

あとがき

散歩をします。

ひろい田んぼの間をゆらゆら歩きながら。余所のお庭や人々の営みを通り過ぎながら。散歩をします。

そのとき、ほんとうにいろんなものが美しくて、たじろぎます。

ああそうであったか。と納得しながら、ひらけた場所で空を仰ぎます。

＊

この第二歌集には、二〇〇五年から二〇〇九年まで、三十代中頃の歌が四四一首おさめてあります。

面白い時期でもあり、また、苦しい時期でもありました。

病気になりました。愕然とし、哀しみ、怖れ、じたばたしました。

思いがけずやってくるいろいろなことを、ただただ受けていくしかありませんでした。

しかしそれは、目に見えるもの、見えないもののはからいをつよく感じる日々となりました。ただあおむけになってそれらを受け取りながら、ようやく本当に、そういうことが分かってきた気がします。

そういう意味では「あふむけ」は、受け身でありながら、とても肯定的な言葉だと思っています。

歌との関わり方にも変化がありました。この病気のことを歌にするなどできないと思っていて、でも、詠ったあとに、とても得心がいくところがありました。こんな形で自分は詠うのだなと思いました。この詩型との出逢いは本当に偶然でしたが、とてもありがたいものだったと思っています。短歌形式が脈々と受け継がれていることへのひとつの答えが、自分の中に強く響いています。


お忙しい中、帯文をいただきました永田和宏さん、あたたかく力強く励ましてくださる河野裕子さん、歌集を作るにあたって親身にアドバイスをくださった三井修さんをはじめ、塔短歌会の皆さんには、いつもすばらしい機会とお心遣いをいただいています。ありがとうございます。

また、わたしの周りの方々。どんなにか心配を掛けました。でも、こうしてなんとかやっています。ありがとう。

そして、早馬神社の神様。私があなたのもとに生まれ、育ったことに、本当に感謝しています。

最後になりましたが、出版にあたり、砂子屋書房の田村雅之様、装幀の倉本修様、装画の大野舞様には、たいへんお世話になりました。心から感謝申し上げます。

＊

季節は秋へ向かいます。

じたばたしながらもゆったりと。
また、散歩に出掛けます。

二〇〇九年　夏

梶原さい子

歌論・エッセイ

五年目の諸相
——東日本大震災から五年の歌を読む

この三月、二〇一六年の三月十一日で、東日本大震災発生から丸五年が経った。しかし、いまだ行方不明者は二五六一人、避難者は約十七万四千人おり（二〇一六年三月現在）、土地の整備や汚染土、汚染水の問題も解決まではほど遠く、その遠さそのものに対して、停滞感と苦しみが生まれている状況だ。

一方、短歌の世界ではどうかというと、溢れるように震災についての歌が詠まれた当時と比べれば、その数は激減し、ほとんど目にしなくなった。少なくとも表層はそうだ。しかし、それは、大きく言えば、詠う必要がなくなった多数と、あり続ける（もしくは生まれ始めた）少数が明確になったということにすぎず、震災に限らず、すべての対象において見られる現象だろう。さて、その少数は、何をどのように詠っているのか。ここでは震災後五年目の歌に焦点を絞って読んでいくが、そこには、当然、直後の歌とは異なる様相、心象がすくい取られているはずだ。そして、五年目の、より個別的な方角が見えているはずだ。

1　被災圏の歌

まずは、直接的に大きな被害を受けた、いわゆる被災圏発行の短歌誌、新聞歌壇の歌を見ていく。震災後三年を過ぎた頃から震災に関わる歌はぐっと減ったものの、それでも、今の暮らしのある部分を詠うことは、震災後を詠うことに直結している。

鈍色《にびいろ》の海に向かえるトラックが土を盛りあげ背走くりかえす　　熊谷淑子

「北杜歌人」24（2015/10 仙台市）

傾きを直しし床が落ち着かずわれのみ気付く浮遊感あり　　鈴木京子

「麻苅」42（2015/7 仙台市）

成《ママ》地してやうやく墓を設へて父母と姉妹の納骨叶ふ　内海えり子

「すずかけ」49（2015/3 宮城・亘理町）

今日発つと窓より鹿に声かけて仮設の生活終りを告げる　（石巻市）石の森市朗

（河北新報2015/12/27）

一首目は防潮堤建設、もしくは嵩上げの歌。大量の土を運ぶ必要性が「背走くりかえす」からわかる。二首目の歌の裏側には、傾いた家で過ごした、少なくない震災後の時間がある。「時間」の流れを詠うことは、五年目の歌に通底する大きなテーマである。三首目の作者には、以前に〈自転車で捜し捜しぬガレキの中声あげ叫ぶちちはは姉を〉、〈二月《ふたつき》後に母のバッグが見つかりてわれの送りし手紙出できぬ〉（「すずかけ」46）という歌がある。それを合わせ読むとき、いっそう、「やうやく」、「叶ふ」という言葉が沁みる。震災を詠い続けることは、結果的に変遷を詠うということだが、読む側もまた、そのことを大切なこととして読んでいきたいと思うのである。四首目からは、荒れた土地の様子とともに、鹿に対する仲間意識が窺える。震災後の時間を経てきた仲間だ。

そして、原発事故の影響は、いよいよ生活に深く入り込んでいる。慣れていく部分と拭い去れない不安が、歌にも混在する。

四ヶ所に生活圏を分けながら福島原発事故後のわれら　小野寺ユフ子

「コスモス岩手」272（2015/5）

放射能の不安が消えず邪道にも洗剤液にしょうぶを洗う　高橋啓子

「青環」61-3（2015/8 福島市）

坂道に従きくるセシウム払はむとひとしきり吾はアクセルを踏む　橋本はつ代

「青環」61-2（2015/5 福島市）

慣れてなお除染のマスク息苦し水木の冬芽あかき青空　（南相馬市）深町一夫

（河北新報2016/2/14）

家族の分断を詠んだ一首目。五年目の歌として読むと、「四ヶ所」に至るまでの混乱までも思いやられる。二首目には、邪気を祓うための菖蒲を洗剤で洗わずにはいられないという引き裂かれた感情がある。三首目、その心理状態が往々にして引き起こされる暮らしが心に迫る。そして、四首目。マスクの息苦しさは、生きる息苦しさだ。「慣れて」という言葉に、きりのない「除染」の様態が見えている。「除染」、「セシウム」という言葉も随分詠われてきた。現在は、「汚染土」、「フレコンバッグ」という単語が目に付く。

東経も緯度も動かぬ福島が原発事故後は立つ位置を変ふ　児玉正敏
「翔」51（2015/4 福島市）

どこからを余生というか鈍色にとけあう彼方の海と空とに　松崎桂子
「ぶな短歌会合同歌集」（2015/7 仙台市）

三つになりし娘に説明せんとして物語めいてしまう津波が　花山周子
「1466日目」（2015/7 宮城・大崎市）

百年後も決して終はらぬ三月がまた来る冬のコート着たまま　小林真代
「1466日目」（2015/7 宮城・大崎市）

これらの歌には、震災から隔たる時間の中で獲得された気付きや哲学が見える。一首目は、「動かぬ」という打消に託す思いを噛みしめたい。二首目の「余生」は、認識というより、もっと自然に「とけあう彼方」からもたらされた感覚だ。三首目、「三つになりし娘」にのみならず、この歌には、大きな出来事を他者に伝えていく難しさ、はがゆさという普遍的なテーマが潜む。四首目には「百年後」という言葉が出てくるが、放射能の問題や鎮魂の問題を抱え、百年、または、それ以上の単位をもった未来を意識せざるをえないのが、今回の震災詠の一つの特徴だ。そして、五年とは、震災直後に直感的に見通されたはかり知れない未来が、「決して終はらぬ」といよいよ確信されていく、そういう時間である。

さて、次に、総合誌掲載の、被災圏在住の作者達の歌に着目する。彼らの歌は、この五年で、より個別的な志向を明らかにしている。たとえば、福島市に住む波汐國芳の歌には、

雪深野　セシウム深野ひた分けてゆけば陽《ひ》あたる街に出《い》でんか　波汐國芳
「短歌研究」2015/5

「雪深野　セシウム深野」という言葉が、繰り返し登場する。これは、震災後二年ですでに摑まえられていた言葉だが、抒情性と無惨さを結びつけたそれが繰り返され、歌枕のように働くことで、意識の奥まで訴える批評性が獲得されようとしている。

また、会津の本田一弘は、

さんぐわつじふいちにあらなくみちのくはサングワヅジフイチニチの儘なり　本田一弘
「短歌研究」2016/2

震災前から持っていた「みちのく」対「東京」という視座をより明確にし、東京に対抗するための武器として、「方言」をいよいよ意識的に、まっすぐに手にしている。他にも、細かな齟齬の存在も含めて、人々の暮らしを見つめる高木佳子、福島の子供の健やかさを詠う齋藤芳生、ふるさとと福島を柔らかい言葉で摑む駒田晶子、病を得たわが身と、津波の犠牲者とを思い合わせながら生と死を捉え直す柏崎驍二など、境涯の変化に沿いながら、それぞれのやり方で、しなやかでねばり強くその気概は示されている。

その一方、仙台の佐藤通雅には、

かなしいことがありすぎて口を閉ざせるになにもなかつたことにされゆく　佐藤通雅
「短歌研究」2015/5

という歌があった。連作中の一首だが、このような虚無感、徒労感は、確かに被災圏五年目のある本質的な部分を映し出している。

2　被災圏以外の歌

次に、便宜上、被災圏以外の歌という区分けで眺めたとき、大きく二つの特徴が窺えた。ひとつは、掲載時期の偏り。出版社の意向もあろうが、それだけでなく、「三月十一日」が季語として働き震災を想起させるしくみが定着しつつある。たとえば、八月に戦争の歌が多いように。それは、平時の意識のあり方も炙り出す。

もうひとつは、震災を、他の時事と並列で詠っていることだ。特に、戦後七十年ということと、安保法案の採決などがあったことで、「戦争」という言葉とともに詠われている歌が散見された。

三月十日十一日は熱かつたらう苦しかつたらうと悲しむ日なり　橋本喜典「短歌」2015/5

「ただちには」ないってことか戦争も徴兵制も原発事故も　俵万智「短歌往来」2015/11

先の歌は、東京大空襲と東日本大震災が起きた日の連続を言う。七十年前と四年前は、現在の地点から同等の距離をもっている。後の歌は、震災のすぐ後に詠われた作者自身の、〈まだ恋も知らぬ我が子と思うとき「直ちには」とは意味なき言葉〉の本歌取りだ。本歌取りを行うことができるまでの時間の経過を思う。こちらも、「も」でつながれた各事項の等位性が、歌に示されている。

その他には、以下の歌に注目した。〈地に湧きて桃にも梨にもなるはずの水苦しめり放射能濃く〉森川多佳子「短歌往来」2015/6、〈災害で死ぬ子、虐待で死ぬ子あり小さい秋を見つけるまへに〉小島ゆかり「現代短歌」2015/11、〈帰還困難区域　ふるさとあたにつくりたるわれらにしづかな雛祭り来る〉川野里子「短歌研究」2016/3、〈他国から見ればしずかな的として原発ありや雪ふる浜に〉吉川宏志「短歌」2016/3などである。さらにここでは、震災の本質的なところを摑もうとした二つの試みについて述べたい。

まずは、斉藤斎藤の「親指が数センチ入る図書館」（「短歌研究」2015/4）。震災や土木工事に関する既存の文が組み合わせられた文章のなかに、ゴシック体の部分や傍点付きの文字があり、それらを拾ってつなげると、短歌のようなものが読み取れてくる。

> （中略）「計」とは、**声を**出して数えること。「画」とは、田の境目を決めること。いずれの文字もいずれ、あらかじめ考えるという意味を持つ。声が**集め**られる、境を決めるために。住まうところに働くところ、**祈るところ**にもてなすところ。これ**は**陸／あれが海／ここからはいつ**海になって**もふしぎのない陸。（中略）

たとえば、ゴシックの部分をつなげると、「声を集め祈るところは海になって」——世界の始まりが詠われているような、新鮮さがあった。それは、新しい秩序を読者自らが見出していくかたちが、いったんすべてを失った土地を立て直そうとしている今と響き合うからだと思う。そのとき、周囲のたくさんの言葉は、無数の人々の声を思わせた。このような手法自体は初めて目にするものではないが、ブリコラージュによってもたらされた神話性が、この大震災後を詠うことにおいて、確かに力を発揮している。

そして、石川美南の「千年選手」（「短歌往来」2016/1）。十二首の連作には、九十八歳で初めてマスターズ陸上に出場した「彼」が、千百四歳になるまでが描かれている。

> 百四歳のとき、津波が来る。
> 迫りくる津波が滝のやうだつた海に真向かふ
> 観音の目に
> 三百四歳の春は暖かく、彼はお気に入りの詩吟を口ずさむ。
> 槍投げの槍刺さりたる地平より海湧き緑湧き

て　釜石
千年経つ。彼は千百四歳になつてゐる。今年も陸上大会が開かれる。
達人《マスター》は牡鹿のやうに立ち上がる〈1000
1〉のゼッケンを付け

土地も心も、回復には長い時間が要る。それが「千年」だ。私たちが見られない千年先を、「彼」はたくましく軽やかに生きる。そのうれしさ。釜石大観音など、実際の釜石に取材しながら、また、賢治の世界を含めた岩手へのイメージを膨らませながら、物語でなければ描けないものが、短歌の余白により増幅され、祈りとして、祝祭として提示されている。ここにも、イザナギが櫛を投げると筍が生えた場面に似た神話的表現が見られる。それらを選んだ、選ばせた働きを思う。

さて、最後に、一首挙げたい。

もういいよきみはちからをあきらめて　死んだら要石になればいい　遠野　真
「短歌研究」2015/10

この震災に関わる具体はないが、影響が見てとれる。「要石」はもちろんだが、「もういいよ」、「あきらめて」という「死」に関わる許し、諦念が、仮名表記によって柔らかく詠われている。震災によって揺さぶられた世界観、死生観が沁み透る作品が、むしろ、これから、様々な表現を取りつつ現れて来るだろう。

一方、早くも、震災後二冊目の歌集が出され始めている。たとえば、大口玲子『桜の木にのぼる人』、米川千嘉子『吹雪の水族館』。これらには、震災直後の作品はすでにない。詠われているのは、その、もっと後の時間だ。一冊の凝集性を思うとき、それを単なる切り取り方に過ぎないとは言えない。

震災後五年目の諸相。短歌もまた、過渡にある。


（「塔」二〇一六年五月号）

三年という時間
――東日本大震災ののち

この三年について思うとき、とてもはるかな時間だったような、しかし、ついこの前からのことのような、あやふやな心持ちになる。

それでも、結果的には詠ってきていて、その歌が、今の自分を驚かせたりする。

その時にしか詠えない歌だった。歌は文芸の範疇にあるものだから、どんなことをいつどのように詠ってもかまわない。でも、そういうこととは別の次元から出てきた言葉だった。引っ張られて、どうにも自由のきかない言葉。

＊

震災の時は、勤め先の高校にいた。入試の後処理の日で、生徒は来ていなかった。激しく長く長く揺すぶられながら、天井が落ちてくることを考えていた。ジャマイカから来た英語のアシスタントの女性は、ショックで一時的に目が見えなくなった。

学校もめちゃめちゃで、アパートには足を踏み入れられず、車の中などで寝起きをした。

そして、翌々日の朝、カーラジオをつけたところ、実家がある気仙沼までの国道が通行可能になったことが聞き取れた。母を捜しに向かう。

実家は高台にある神社だが、そこまで津波は来た。結果的に家族は無事だったが、そのときは、出かけていた母の安否がわからなかったのだ。

たった今、通れるようにしていただいたばかりの海辺の道を辿りながら、見たことのない景色を見た。そして、それから今まで、いろいろなものを、いろいろなことを見た。

＊

この三年間、歌に関わることで、強く実感したことがいくつかある。あくまで、私が感じたことだけれど、大きな出来事の後に歌を詠むとき、どういう心の動きがあったかという一つの自然な例ではあると思う。四つ挙げたい。

まず、一つ目は短歌の形式について。震災後初めて歌を作ったのは、一週間後だった。塔短歌会の月の締め切り日をふと思い出したものの、まさか、歌など作れないと思ったのだが、やっぱり何かを書いてみたくなり、懐中電灯の明かりの中でペンを持ったら、ぱーっと出てきた。

書き始めるまでは、何か怖かった。でも、書き出せた。それは、今思うに、短歌の二つの要素による。まずは、短いということ。全貌を捉えることも落ち着いて考えることも出来ない状態のとき、断片でいい、どうせ多くは言えないのだ、見えた一つのものでいい、とどこかで思っていることは、とても気持ちを楽にした。

もう一つは、定型を持っていること。もし、型がなかったら、最初の一言を出せなかったと思う。それは、始めるのは何とかなっても、終わらせる自信がないから。どんなものがどれだけでてくるかわからない。その底知れなさがとても怖かった。

短歌は大きな出来事や社会的な出来事にも反応しやすいものと言われるが、たぶん、これらのことと関わりがある。

二つ目は、歌言葉の持つ力について。それがいいのかどうかは別として、本当のことしか詠えなかった。言葉が言うことをきかない。たとえば、起きていないことを起きたとは言えない。それはなぜかと考えてみるに、つまるところ、亡くなった方へ届いてしまう言葉だと捉えているからだった。亡くなった人にはわかる。それは、歌の言葉が単なる記号ではなく、表面に見えるもの以上の何かを伝えてしまうという認識でもある。

だからこそ、たくさんの鎮魂の歌が生まれた。花の歌。それは、亡くなった方々への手向けだ。届く、とは言い切れないけれど、届くかもしれない。届いて。そういう歌言葉の持つ力に、恃んだのだ。

三つ目は、死生観について。今回、身近な方が幾人も亡くなったので、死というものがどうしても歌の中に入ってくるのだけれど、私の場合、その思いを岸近くにいる海の生物に託すことが多かった。わかめ、こんぶ、フジツボ……。それは、小さい頃からなじんできたものではあったが、自分が託すのはそこなのか、と、自分で驚いた。それは、その生物としてでも、生まれ変わってきてほしいということなのだと思う。海と陸に隔たってしまったけれど。だから、たとえば、それを食べることがその方とつながることにもならないだろうかと思っていたりする。

意識の上にある考えではない。引き出されてきた死生観だ。震災のどの部分を強く見て、何に託すかは、人によって違うが、図らずも、自分でも気づかなかったところから出てきたものが詠わせた歌も、あるのではないだろうか。

四つ目は、一人ずつということ。ともすると、自分の震災後しか見えなくなってしまうのだけれど、そうではない、と教えてくれるのは他の人々の歌だった。同じ「震災」を経ても、考えることも表現することも違う。(そもそも、状況が一人ずつあまりにも違うし、その隔たりはますます大きい。)

だから、この冊子(「一〇九九日目」)も四冊目になったけれど、それぞれの震災後が見えるところがいいと思っている。見えるもの自体がいいわけではない。そこが、苦しい。

＊

震災の時、九六歳だった祖母は、今年の九月で一〇〇歳になる。祖母は寝たきりで、津波は天井近くまで来たが、ベッドが浮いて助かった。

震災の時、三歳と二歳だった甥っ子は、小学校一年生と幼児園の年長さんになった。二階の窓から裏山の斜面に向かって投げられて受け止められて、そうして避難した子たちだ。内陸の市にあるスイミングスクールに通い始めた。

三年という時間は、確かに過ぎたのかもしれない。

(「一〇九九日目」二〇一四年七月)

うたをよむ

現在、全体的な傾向として、口語（今の言葉）の短歌が増え、文語（昔の言葉）の歌は減っている。これは当然の流れだろう。口語は、私たちの詠いたいことを率直に、直接的に表せる。明治以降、口語の歌の獲得のため、様々な歌人が工夫を重ねてきた。

だが、時を経て、今、文語に触れえないまま、口語の歌を作る人も増えている。ということは、一つには、五七五七七の韻律を生んだ古語の音感やリズムになじんでいないということになる。短歌が「うた」だということを殊更に意識する必要が、現代の私たちにはあるのだろう。

もう一つは、「世界観」について。文語に触れないということは、その中にある「世界観」にも触れないということだ。

それが端的に表れているものに「自然を詠う歌」がある。移りゆく四季に従い、地震、津波、洪水、日照りなどを凌ぎながら、人々は暮らしてきた。その中で培われた世界観——文語の歌には、自然への畏敬、委ねと言い換えてよいものも多く表れている。

枯芝に枯芝いろの蝶ひとつやすらふほどの日の光あはれ　　北原白秋『雀の卵』

ささやかな温みあるひととき。それも、私たちの及ばぬ力に因るものだ。

自然を、私たちの意のままにならないものとするなら、私たちは詠う時に、自分や身近な他者の内なる「自然」ばかりを見つめて来はしなかったか。何かが忘れられて来たのではなかったか。そのようなことを感じてしまう今年だった。

今年が終わる。

（「朝日新聞」二〇一一年十二月）

草噛む猫

飼猫《かひねこ》が背戸畑《せどはた》にゐて草噛《か》むをかなしきさまに
われは見にけり　　結城哀草果『すだま』

昭和七年、「新秋小吟」と題された五首中の四首目。「背戸畑」は、哀草果の歌に幾たびか登場する場所であり、季節によって、胡瓜や青菜などを作っていたことがわかる。そこで、飼い猫が草を噛んでいる。そのしぐさを、いとおしく感じながら作者が見ているという歌である。

「草噛《か》む」がいじらしい。猫は毛玉を吐き出すためか、よく草を食べるけれども、遊んでいるのかもしれない。いずれ、こういう場面での猫の生理はひたむきなものである。その様子を「かひねこ」「せどはた」「くさかむ」「かなしき」と四拍のリズムを連ね、畳みかけつつ大きくうねる、緩急の中に描き出している。

哀草果には、猫の歌が多くあるわけではない。が、これより四年後の昭和十一年の歌には、

あかつきに猫はかならずさむがりてわが床《とこ》な
かに入《い》りてねむれり　　『群蜂』

とあり、猫との濃密な時間の存在がわかる。この猫と先の猫が同一のものであるかどうかは不明だが、大きな農家の敷地を自在に行き来する猫との、おおらかで濃い結びつきが目に浮かぶ。

また、時代が下っての随筆「辺土小文」には、猫の死を家族から聞かされ、「悲しむ気持ちよりも、ひどく憤りを感じ、妻の顔を撲りつけたいような衝動」、そして、「猫の死を悲しむ情が水のように私の心に流れて来た」とある。

一方、昭和七年の東北の農村の歌ということを考えたとき、猫のしぐさの描写を単なる無邪気なもの

と捉えてよいか。昭和五年の恐慌、デフレで米は半値、繭は三分の一以下の値になった。また、六年の冷害による凶作により、若い娘たちを身売りに出さなければならないほどの困窮が生まれた。冷害は、この年、昭和七年も続く。「草噛《か》む」のは猫だけではない。作者自身は窮まった状況になかったとしても、飢える農村という現実の翳りをどこかに置きながら、読む歌かもしれないとも思うのである。

（「現代短歌」二〇一六年十月号）

亀之助の短詩・短歌

十一月の電話

十一月が鳥のような眼をしてゐる

『雨になる朝』

清新でかつ奇妙な比喩。本文と題との不思議な関わり。これは、尾形亀之助の詩である。

亀之助は、一九〇〇年（明治三十三年）、宮城県大河原町生まれ。上京して未来派の芸術運動に加わり、絵を描き、詩を書いた。資産家である実家から援助を受けて暮らしていたが、晩年は窮まり、四十一歳で死去している。

亀之助の詩の形態は、大きく二度変化している。短詩へ、そして、散文詩へである。ここでは、短詩に注目する。
一九二六年、亀之助は詩誌「亜」の同人となる。「亜」は安西冬衛らが創刊、モダニズム詩運動へと続く短詩運動の中心的な役割を結果的に担った。亀之助の第一詩集にはほとんど見られなかった短詩は、「亜」へ参加後の第二詩集『雨になる朝』において、大きな存在感を示している。

昼の街は大きすぎる

私は歩いてゐる自分の足の小さすぎるのに気
がついた
電車位の大きさがなければ醜いのであつた

白に就て

松林の中には魚の骨が落ちてゐる
（私はそれを三度も見たことがある）

前の詩は「昼の街」と「私」のアンバランスさ、もっと言えば、「私」の存在の矮小さを言っているが、そこで「電車位の大きさ」の足を求める極端さが面白くて痛ましい。
後の詩は、題と絡めて読むと、暗い松林では「白」い骨が目立つ（なぜここにあるのか）、という詩だが、本文が平易すぎるゆえに、何度か読むとかえって混乱してくる。

＊

さて、この時代の文学青年の多くは、短歌から出発しているが、亀之助もその一人だ。十八歳で仙台の学友と短歌文芸誌をつくり、翌年には、石原純、原阿佐緒らを中心に創刊された「玄土」に参加している。『全集』には、その頃の短歌のみ六十四首が掲載されているが、それらを読むと、のちの作品への志向の片鱗を感じることができる。

細長い夜は更け行くがす燈の凸凹列ぶ町を歩

みぬ
運少《ママ》さき人の如くに桐苗の伸びざるを思ふ秋
の小春日

「細長い夜」というモダンな把握、苗の低さに運の小ささをみる傾向は、若者ならではの心性に発したものかもしれないが、それでも、これらはのちの亀之助の詩に通じている。また、

うらゝかに晴れたる日には椽《ママ》に出て大根とな
り身体ほしたき

この短歌を見ると、

愚かなる秋

秋空が晴れて
縁側に寝そべつてゐる
眼を細くしてゐる
空は見えなくなるまで高くなつてしまへ

『雨になる朝』

泣いてゐる秋

蒲団のほしてある縁側に寝ころんでゐる秋晴
れ
あくびをして部屋に入つたのを誰も見てはゐ
なかつたか
俺は空を見てゐてかつてに空が晴れてゐると
思つたのだ
まつたく何のことだか知れたものではない三
十年といふ年月よ

「銅鑼9号」

などの詩が思い出されるのだが、この「縁側」は、短歌の中のそれとつながっていると思われてならない。のちの詩にしばしば登場する「春」や「秋」への志

向、それらの捉え方を見ても、短歌の中に表れていた柔らかい部分が、抒情の「質」として、優しく引き継がれているのを感じる。

とは言え、先に挙げた短詩「昼の街は大きすぎる」、「白に就て」を見ると、この短さは、形態として短歌にとても似ているが（このような現代短歌もありそうだが）、では、これが亀之助の短歌と言えるかというと、決して言えない。たくさんのものを潜って立ち上がった、出発地点から遠くまで来た、異なる輝きを持つ言葉だと感じられる。

その双方を読める喜びが、私達にはある。

反《そむ》きたる若き命のさ迷ひに十字の路を知らずまがれり
（踏絵第三回短歌会詠草）

いつしか亀之助がまがっていた十字の路があるのだ。

（「六花」二〇一七年十二月）

ぶたぼくの東北

ふるさとの訛《なまり》なつかし／停車場《ば》の人ごみの中に／そを聴《き》きにゆく　石川啄木『一握の砂』

啄木は隣の岩手県の人なので、歌など一首も知らないうちに、家族旅行で記念館に連れて行かれる。「啄」という字が「豚」に似ていることがおかしくて、ぶたぼく、ぶたぼくと言ってはしゃいでいた。だからだろうか、啄木には、幼なじみのような不思議に近しい感覚がある。

それが、高校時代、「ふるさとの訛《なまり》」の歌を見たとき、何とも言えぬ嫌な感じがした。卑しいような、わざとらしいような。私自身が「東北」というものにアンビバレントな感情を抱いていたからだと思う。

啄木の歌は平明で、愛唱性を持つ。しかし、それは、あるイメージを強化する力ということでもある。「ふるさと」は懐かしむもの。遠くで思うもの。たとえば、『一握の砂』では、二十七首に「ふるさと」という語があるが、「なつかし」「かなし」「恋し」そして、「棄てて」「ほろびゆく」「遠み」などという言葉と同居している。もちろんそれは時代の投影でもあるのだが、今となっては、素敵でせつないけれど、なんだか歯がゆく複雑だ。

今、啄木がいたら、東北に……何をするだろうか。賢治はがれきを拾うかな。土を研究するかな。啄木は。

やっぱり啄木は書くだろう。彼は、何を書くのだろう。

返歌
ただ一人生き残れるを語る子の訛《なまり》を追うて白き字幕は　　梶原さい子

(「短歌研究」二〇一二年六月号)

短歌やめた方がいいのかなと思っている鈴木さん(仮称)に

鈴木さん(仮称)は、短歌歴五、六年。はじめは夢中で短歌に取り組んでいたが、この頃、迷いが生じてきたという。そんな鈴木さんに「短歌向いてなさそうだし、やめた方がいいのかな……。」と言われたとき、「とりあえずこれ、読みましょう。」と勧めたいのが次の三冊。

小池光『日々の思い出』『バルサの翼』『思川の岸辺』。

この三冊はどの順に読んでも構わないけれど、今の鈴木さんには、この順番がおそらくベスト。

まず、鈴木さんは『日々の思い出』を開く。「短歌やめるかもしれないのに……。」と思いながらも、まじめな人なので、開かずにはいられない。読んでいくと、すぐ、次のような歌に出会う。

十月五日（日）運動会

びりけつになりて我が子が卑屈なるおもざし
見せて寄るをさびしむ

鈴木さん、ああわかるなあと思う。びりけつになった方も、それを迎える親の方も、何とも言えない気持ちになること、そうだなあと思う。

十月二十一日（火）

しまつたと思ひし時に扉《とびら》閉まりわが忘れたる
傘、網棚に見ゆ

これもわかる。忘れかけて焦ったことがあるから。気の毒だけれど、絶妙なタイミングに少し笑ってしまった。

二月二十五日（水）

遮断機のあがりて犬も歩きだすなにごともなし春のゆふぐれ

何だろう、この感じ。「なにごともなし」なのに、何か胸に広がっていく。なにごともなくてもいいのかな。ないということを詠ってもいいのかな。

鬼太郎の父たる者の哀楽は子の手袋に入りて
眠りぬ

馬の穴なにゆゑ馬穴《バケツ》水満ちてつくゑの上にあ
りにけるかも

本当に何だろう。面白さとあわれさが同時に来る感じは。少しもやもやが残りながらも全体的に楽しかったので、鈴木さんは、二冊目『バルサの翼』を手に取る。

ひと夏の陽に食まれつつなほ高くひまはりは
父のたてがみ保つ

あれ？　一冊目と違う。言葉が鋭くてきらきらしている。

雪に傘、あはれむやみにあかるくて生きて負ふ苦をわれはうたがふ

傘の歌。網棚に忘れられたあの傘の歌とは全然違う。でもいいなあ。こんなふうに詠えたらなあ。

ふるさとよ　はげしき異郷　なめくぢの背のひかりあふ廃井ふかしも
いちまいのガーゼのごとき風たちてつつまれやすし傷待つ胸は

これは第一歌集。二十代の歌。私にはもう作れないような難しい表現も含めて、青春時代のようにまぶしい。一冊目とは雰囲気が違うけれど、時間を経るとわかりやすく面白い方向に変わっていくのだろうか。詠っていけば変わっていけるのかな。変わっていくのかな。

そのようなことを感じつつ、鈴木さんは、三冊目『思川の岸辺』に手を伸ばす。そして、とても優しい歌が並んでいると思いながら読み進み、次の歌に行き着く。

着物だつて持つてゐたのに着ることのなかりしきみの一生《ひとよ》をおもふ
ああ和子悪かつたなあとこゑに出て部屋の真ん中にわが立ち尽くす

平易な言葉があるだけなのに、たくさんのものが伝わってくる。

鈴木さんは混乱している。短歌とは。詠い続けるとは。なぜ向いてないと思ったか。何を自分は短歌に託しているか。わからない。でも、確かに短歌は面白くあわれで、懐かしくまぶしい。そうして今は涙が滲んで仕方ない。

短歌やめた方がいいのかなと思っている鈴木さん

（仮称）に読んでほしいのは、決して押しつけがましくなく、短歌の幅や可能性を感じられる、なにより歌そのもののよさをしみじみと味わえる三冊である。

（「短歌研究」二〇一七年四月号）

まぶしい――河野裕子さんのこと

平成十八年の秋、飯田橋のホテルに裕子さんと私はいました。「抒情文芸」授賞式出席のために上京したときのことです。宿泊先のホテルのロビーで、二人で、何時間、お話をしたことでしょう。裕子さんは、とにかくいろんなことを語ってくれました。投稿を始めた少女時代の気持ちや、女性としての話、歌壇の話。そして、私に野心が足りないというようなことを言いました。その時の裕子さんは少し怖いほどでした。それから、評論を書きなさいと言いました。

何時間たったでしょう。別れ際に、「こんなに何から何まで話したことはないのよ、誰にも。」と言われました。隅っこの方でちまちま歌を作っている私が歯がゆかったのだろうと思います。本当に申し訳なくありがたく、しばらくは折に触れ、不思議なその時間のことを思い返していました。

それから数ヶ月後、私は体に変調を覚え、裕子さんと同じ病気だったと知るのです。

平成二十年の夏、東京での全国大会。裕子さんは傍に来て「体調はどうなの。」と尋ねました。そしてすぐ、「でもねえ、私、絶対大丈夫だなんて、言えない。言えないの。」と言いました。その時の裕子さんも少し怖かった。怖くて哀しかったのです。今思えば、それは裕子さんの再発がわかった直後で、裕子さんとご家族は、どんなに苦しかったか。なのに、私は、娘の紅さんに「裕子さんはもう大丈夫ですよ」なんて言ってしまって、本当に、つらい想いをさせてしまったろうと今でもとてもとても悔いています。

自分の手術、入院、その直後はまったく、裕子さんの歌が読めませんでした。やっぱり怖かったのです。でも、一年以上もたち、歌集を開けば、ひとつひとつの歌が驚くほど心に食い込んできました。

荒神橋、出町柳、葵橋、橋美しよ学生たちみんな誰も、泣きつつ帰る

わかる、わかる、と思いました。わかります、と、思いました。

「梶原さんは歌をやめることはないだろう。この人は、作り続ける人である」そう裕子さんは言いました。そうですね。そうならば。

裕子さん。私、生きますから。そして作り続けます。実家も津波でやられました。美しい町も。でも、いろんなものを見るべきならば見て、感じて作って評論も書いて、野心は――なにか、そういうものからどんどん離れてる感じもしますが、でも、少しでも持つようにしながら、しかし、まず、生きていかないとなんともならないので、生きていきます。

裕子さん。まぶしいです。この午後の海のように、裕子さんの声が、文字が、歌が、顔がまぶしくて、哀しいけれどうれしい。

ありがとうございました。

（「塔」河野裕子追悼号　二〇一一年八月）

一円玉

四月から消費税が八％にあがるけれど、ニュースを聞くたび、思い出されることがある。

消費税が初めて導入されたのは、平成元年四月。三％。高校を卒業し、家を離れようとするときだった。でも、みんな、実際の暮らしがどんなようなことになるのか、見当がついていなかったと思う。一〇〇円の物を買ったら、三円余計に払えばいい。三〇〇円なら、九円。じゃあ、三五〇円は？……わかんない。買い物、ちゃんとできるのかな、と。

さて、旅立つ時に、父があるものを持たせてくれた。それは、ビニール袋いっぱいの一円玉。

驚いて、きちんと礼も言えず、受け取った。一円玉のアルミの光。父の生き方。田舎を出て行く私。言葉にならなかった。

その一円玉だが、実は、何年も使うことができなかった。でも、ある時、これではいけないと思った。からだのどこかを失うように思いながら、私は一円玉を使い切った。

その縁《へり》が時折を照るむすめたる日々の象《かたち》のおぼろげにして

（「塔」二〇一四年四月号）

解説

かそけき音の抒情と批評
——歌集『ざらめ』

清水哲男

静かな歌集だ。全巻に満ちているのは、しいんとした万象の気配だ。

いや、音の出る素材ならいくらでも出てくる。たとえば巻頭の章では、コーヒー豆を砕いたり米を洗ったりする音や、その磨ぎ汁を流したり湯をわかす音などがしているし、そして別の章では千人の生徒がいる女子高校も描かれている。にもかかわらず、読後の印象としては、むしろ無音に近い世界を通過してきたようなそれが残るのである。この不思議が、そのまま私にとってのこの歌集の魅力の源泉であるような気がしている。

俳句と違って、短歌は読者を説得する文芸だ。ならば、この無音に近い世界も、私が著者に説得されて合点したことになる。それは、梶原さんの歌のどのあたりの説得力によるものなのだろうか。具体的に考えてみた。

運命線を消すかとまでにしやきしやきと洗ひし米は冬越えし米

まさに「しやきしやき」と、明瞭に音が出ている。けれども、この音は私にはほとんど聞こえない。なぜならば「しやきしやき」はこの場合、運命線を消してしまうかもしれないほどの力の様子の表現のために使われているからであり、音それ自体は力にいわば吸収されてしまう構造になっているからだと思う。しかも「冬越えし米」と押さえてあって、歌の全体は黙々たる世界へと沈み込んでいくように書かれている。

釜底のお焦げのやうな香ばしき欺瞞を持ちてひとに逢ひたり

先の歌とは逆に、ここに音のするものは何も出てこない。では完全に無音なのかと言えば、そうとは言えないだろう。いまにもどこかで何かの音がしそうで、その兆しのようなかそけき音が既に聞こえているような、そんな気持ちにさせられる歌だ。すなわち「釜底のお焦げ」がかすかに爆ぜるような音というわけだが、このように音が描かれていない場合でも、かそけき音がしているような歌も多い。その聞こえるか聞こえないかの音に誘われるようにして、梶原さんの抒情が読者の胸に沁み込んでくる。一見ユーモラスな比喩を使いながら、スリリングな心情の味を出せているのは、そのためのような気がする。「香ばしき」は、匂いであると同時に音でもあるのだ。

丈高きポプラのがうがう鳴つてゐる球場にただ踊る猫あり

前二首とは、だいぶ趣の異なった世界が詠まれている。大風にポプラが煽られていて、音にもむろん物凄いものがあるのだけれど、焦点が広い球場のなかで踊る小さな猫に絞られていく過程で、だんだん「がうがう」が気にならなくなる仕組みだ。踊る猫の意外性が、読者の聴覚を一瞬麻痺させるとでも言えばよいのだろうか。騒がしい情景が、それこそ不思議なほどにしいんとしてしまい、読者はただ踊る猫を見つめているほかはないのである。

わずか三つの例では消化不良的解説にとどまらざるを得ないけれど、これらの音の作用と効果に象徴されるように、梶原さんの世界は種々な要素が互いに打ち消しあうように働いて、そこからくきやかな抒情や批評が立ち上ってくる構造を持つ。このときに「みんなざらめになつて」しまうのは、もちろん私たち読者でなければならないだろう。

（『ざらめ』栞文）

素朴なきらめき

――歌集『ざらめ』

花山多佳子

　梶原さい子さんは「塔」の中では数少ない東北の若手である。当初より、その東北らしい、透明な抒情性や詩才の豊かさには注目してきた。この人の歌はもともと、日常に即したり、生に表白したりするものではない。一首一首に詩があってこそ、という可憐なほどの願いに貫かれている。詩をつくるのが好き、というときめきが感じられる。

反りかへるバナナの皮を剝くやうに列島に春なめらかに来る
釜底のお焦げのやうな香ばしき欺瞞を持ちてひとに逢ひたり
花図鑑を開くがごときときめきがあり今朝もわがクラスにゆかむ
茶畑のだんだん畝を上るやうに向かつていきたき人ぞありける

　初めの何ページかを繰るだけでも、みずみずしい、いい歌がいくつもある。たまたま直喩の歌ばかりになったが、比喩の良さは梶原さんの特徴の一つ。一首目の思いがけない着想は楽しく、列島の春はいかにもとうなずける。二首目も「釜底のお焦げのやうな香ばしき欺瞞」なんて誰が言うだろう。じつに新鮮。抽象化された香ばしさではない。「釜底」は意味の上でもよく考えられているのだ。三首目、梶原さんは女子高校の教員である。「花図鑑を開くがごときときめき」はたちまちに、その花図鑑のひとりひとりの痛みに触れることになる。その意味でもこの一首は効果的に置かれている。四首目の「茶畑のだんだん畝を上るやうに」の比喩の初々しさ。二首目とともに、相聞の歌として他の人にはない情感がある。溌剌とした素朴なきらめきが作者の身上だ。

千枚の硝子一度に震へたり学校とふははるけき伝播

すのこ板を上げて掃除をするときに剝かるるごとき恥づかしさあり

千人が朝やつてきて千人が夜に帰りきたぶん帰りき

図書室の窓より鳥がゆくさまを見てをり空は亡骸を持たぬ

靴下のやうな形で痛みをば堪へてゐたと虐待の子は

学校、生徒たちは歌集の中で大きな位置を占めるテーマである。作者の感受性が真っ直なぶんだけ、現実への無力感や痛みも大きいようだが、そこに表現としては繊細な手際を見せてくる。あるときは箴言ふうに、あるときは率直にリアルに。詩として普遍的に表出しようとする欲求と、現場に即して語ろうとする思いとの間で、作者は揺れているが、どちらにせよ、読者には真っすぐに届いてくる。歌の輪郭がクリアでぼかさず、打ち出すべきところを打ち出してくる。二首目のような「剝かるるごとき恥づかしさ」は快活な作者の内側につねに、あられもなくあって、それが教師の独善を回避しているのだが、その表白にあって「すのこ板を上げて」という具体によって読者に届くものとなっていよう。

盗むことを生業とする人々が桃の林に生き生きとせり

こけしとは子消しと知りし日にわれの細長き目を厭はしく見つ

この空に「ゆふやけ」といふ呼び名など無き頃の粗き耀《かがよ》ひを見る

みんなざらめになつてしまふよ刻々と秋の日暮れが失はれゆき

こういう歌の情感は、やはり東北である。あこがれと羞恥と哀しみ、人間の痛みに向けるこころの襞、それらを愛唱性あるものに変える言葉への希求。この歌集はさまざまなテーマに果敢に取り組んでいて批判精神もなかなかシャープである。そうした作品の評価はこれからに待つとして、私は梶原さんの歌の、人のこころに刻印される、なつかしい魅力について、書いておきたかった。「みんなざらめになってしまふよ」の「ざらめ」の美しさを、である。

（『ざらめ』栞文）

警告としてのエロス

——歌集『ざらめ』評

川野里子

靴洗ふ春のまひるに沈めても沈めても浮くあかるきエロス

『ざらめ』の巻頭近くの歌だ。洗う靴はまさか革靴なのではなく、ズックかスニーカーだろう。白い生地が水に映え、春の光の中でぽっかりとそこだけなまめかしい。靴の中の汚れを洗っていると裸の足がそこに息づいているようで、室内履きなどは妙に人間の皮膚感覚に親しいのだ。そんな靴を洗うという日常些事に見いだされた思いがけないエロスには、修辞や言葉遊びの面白さにとどまらない奥行きを感じる。このエロスは偶然見いだされたような何気ない雰囲気があるが、おそらくそうではない。

梶原さんは、現代を生きつつ、人間の手触りのようなもの、生の証のようなものを常に切実に求めているのだと思う。その切実さは、今日的な人の生きがたさに比例して、生きがたければ生きがたいほど、まるで喘ぐ命そのもののように高まってゆくのではなかろうか。

　高窓の隅にハートのシールあり女子高校にて
　しづかに朽ちる
　牡蠣啜る啜りしのちの真つ白な不在にそつと
　立つてゐるのだ
　まづ仮設便所が建ちぬひろいひろい分譲ニュ
　ータウンの荒野に

　勤務先であろう女子高校に見いだすハートのシール。女生徒の戯れで貼られたシールは、まるで彼女の思い残しのようにハートの形のまま色あせてゆく。小さな小さな、そしてそれゆえに生々しい心がそこにあったことを証すかのように。また、牡蠣の「不在」もそこにあった牡蠣の生々しい感触を思い出させる。まっ白な無機的な空白は一方では現在の心模様そのものであろう。その空虚感と釣り合う重たさで牡蠣の生身の存在感はあったということだ。そして三首目の「仮設便所」の奇妙な存在感。無機的でおしゃれな住宅地が出現する前にまず生え出る「便所」。それは仮設であって、どこにでも真っ先に出現する。そこには今日的な人間の生々しさが息づいていて、風景自体に寂しく奇妙なエロスが宿っているのだ。
　梶原さんの捉えるこうした事物には、どれにも人の心や命の気配の生々しさがある。これらはまるで剝き出しにされた人間の心や存在そのもののようだ。同時に、現代に対してイエローカードを突きつけるかのような、ある危機意識があるのではなかろうか。それは、この警告を無視したなら人間はこの世から退場させられかねませんよ、とでも言いたげな、追いやられた命の位置である。

　頰づゑの凝視のくしやみの三人のサトウカナ

コが棲める教室
ねえセンセイ窓から見える風景が実在すると
証明できる？
靴下のやうな形で痛みをば堪へてゐたと虐待
の子は

日常的に接する生徒たちとの心の交流は一首目のような、ほのぼのとした空気も捉える。サトウカナコは同姓同名で三人いるのだろうか、それとも一人のサトウカナコがさまざまな表情を見せるということだろうか。梶原さんは、教師という立場よりもう少し体温で接する位置にあって、時には生徒に同化しているかのようだ。それゆえ二首目の生徒の質問は梶原さん自身の質問であるのだろう。三首目は明らかに先生と生徒の位置にあって生徒の告白には距離がある。しかし「靴下のやうな形」に凝縮された感覚を介して直観的に虐待される心を引き寄せる。こうした命の把握は教師という分かり易い立場にあるからのみではなく、もっと梶原さんの裸形の心の切実から生まれているように見える。

子を消しし人の寄り合ふ街ありて湯はときどきを噴き出してみる
母牛の名前はさくら夫の名は（精子の名なり）茂茂といふ
電球が朝のひかりにふつくらと溶けて仔牛は産まれたまひぬ
血統書つきの雌雄の蠅の棲む生物室のただならぬ昏さ
シーリング室より舞台を見下ろせば役者は咲いてゐるしかなくて

こけしの由来に触れた古い温泉街での一連でも温泉街はまるごと生き物であるかのような気息に満ちている。子供を間引きした歴史と湧きやまぬ湯とは、それ自体命の気配としてもの悲しく親しい。二首目、三首目は牛の人工授精と出産を詠んだ一連だ。人工受精の酷さや出産を赤裸々に詠む作者は、そこに命の陰影を見ている。精子にすぎない「父」に「茂茂」という名前があるという奇妙な生々しさ。滑稽であり、なにか不気味でもある父牛には不思議な存在感がある。こういうことは人間の世界にもありえ、それが今日の命の誕生であることを作者はおそらく意識しているだろう。またそれゆえに三首目の結句「産まれたまひぬ」が生きるのだ。この「たまひぬ」はことにも牛の誕生に対する敬意を感じさせ、命への讃嘆の思いがこもっている。命への驚きは同時に四首目のような影の命も見つめる。人に操作される命は今日数限りないが、そして五首目の舞台の上の役者への視線。シーリング室という舞台を客観的に見る位置から見られた役者は「咲」いているほかない存在として見える。それは即ち私達一人一人の姿でもあるゆえに、その儚さ、危うさ、懸命さを梶原さんは濃い思いを掛けて見守るのだ。

こうしたせっぱ詰まった追いやられた命の位置、それを感受しなければ人間の居場所はないかもしれない、という今日への危機意識。それを背景に、作者は命の気配とその息づきを独特の鋭敏さで感受する。まるで黄色信号が点滅するかのような命の訴えを梶原さんは見逃せないのだ。警告としてのエロスとでも名付けたくなるような命の気配への感受性は歌集全体に行き渡っている。

みんなざらめになつてしまふよ刻々と秋の日
暮れが失はれゆき

歌集のタイトルとなった「ざらめ」はおそらくそんな思いの蓄積のうえに味わわれている。ざらざらとした舌触りと、あの夕暮れのような色合い。そして香ばしい甘み。この世のざらりとした舌触りと甘さ、現代の手触りをこのような舌の感覚に象徴させ、今へのイエローカードをここに差しだそうとしている。

こんな『ざらめ』を読みながら、今更に加速度をもって危機に向かいつつある現代を思う。近代において工ロスは人間の復権の象徴であった。『みだれ髪』があれほど愛されたのは、そこに人間の輝くような在処と可能性が見えたからだ。今、人間の在処どころか生命全体の在処と存在理由が問われている。梶原さんが掲げるエロスは、警告であると同時に、ここにまだ讃嘆されるべき命の温もりがありますよ、という命の手触りの証しでもあるだろう。梶原さんの言葉の底には牛の誕生を敬語で迎えるような敬虔さが宿っているが、そうした精神の奥行きのゆえに荒涼とした今に向き合えるのかもしれない。

（「塔」二〇〇六年八月号）

傷を包みこむ年輪、封じたものを開く指

——歌集『あふむけ』批評

久我田鶴子

梶原さい子さんは、梶原景時の兄・景實《かげざね》が健保五年（一二一七年）に創建したという気仙沼の早馬神社の生まれだという。「早馬」は、「そうま」かと思ったら「はやま」で、「葉山」「羽山」「端山」などと同様、神霊・祖霊の住む山をいい、子孫繁栄のために里を守る神なのだという。梶原さんのところも古くから「早馬さん」「権現様」と称され、信仰されてきたものらしい。このことは、梶原さんの中でけっこう大事な要素となっている。第一歌集の『ざらめ』でも、今度の『あふむけ』でも、あとがきに早馬神社の神様に対して感謝の言葉を述べることを忘れていない。余計なことだが、結婚してもきっと「梶原」を名乗りつづけるにちがいないと思われる。

結婚——。しかし、梶原さんは、結婚を言わない。

一心にあのひとの棲む町を去る列車揺れつつまた傾ぎつつ
産まないでこの世を生きてゆくときに乳房は固く青めいてゐた
結ばれはしないふたりも触れ合へば残してしまふきらめきがある

歌集は三部に分かれ、第一部は「縄を綯《な》ふ――三内丸山へ」という第一場から第七場までの劇構成になっている。青森の三内丸山古墳を訪ね、そこで見たもの、考えたことが詠われているのだが、苦しい恋を抱えての傷心旅行の趣である。その中で、女に生まれ、子を産まない、愛する者と結ばれることもない者の存在理由が問われている。太々とした縄文の暮らしのあり方、愛のあり方への憧れのようなものを持ちながら。

「撚《よる》」といふ字が燃えてゐるてのひらが熱い

あなたとわたくしのてが　縄の
那《な》と吾《わ》とがひとつに溶けてゆくことの
編み目の玻璃の毛羽立ち
気が付けばここに立ちをり二重螺旋の縄の先
つぽぽんやりと持ち

縄を撚るということから「撚」「燃」「熱」へ。燃えるように熱く撚り合わされてゆく「あなたとわたくしのて」。縄に男と女の愛のかたちが見えてくる。縄、それはまさに「那」と「吾」。撚り合わされ、ひとつに溶けてゆく。編み目のガラス質の毛羽立ちは、溶けてなお迸ったものの結晶のようにも見える。そして、DNA、遺伝子も二重螺旋の縄なのだった。はるか生命の誕生から今に繋がる縄の先に存在する「わたくし」。梶原さんの知的なひらめきと内面の思いとが、それこそうまく溶け合った作品群だ。

第二部においても、縄と産む性のテーマは続いている。

縄跳びの紐が地面と逢ふときの激しさ思ふ火
花のやうな

口紅がペットボトルの飲み口に付き無残なる
朝のはじまり

おとうとがもうすぐ妻をもらふらし紫蘇の青
葉をぷちぷちと摘む

産まぬとふ一生《ひとよ》もあると述べてをり一年二組
の黒板の前

二の腕の内側白きこと言はるどこにも行き場
なき夕暮れに

口紅の歌、二の腕の歌、エロス的なものを漂わせつつ、行き止まりの苦しさがある。結婚間近の弟の歌は、下の句の具体に作者の心情が重ねられる。生徒たちに向かって「産まない一生もある」と述べる自己の客観視。これは、私にもあったことだ。聞いている生徒たちの反応はどうだったのだろうか。言いながら、言い訳のようにも思えてくる感覚が私には甦ってくる。

梶原さんは高校の国語の教員だが、第一歌集のときほどには職場の歌、生徒の歌は見られなかった。三十代中頃の時期は、教員としての充実期だっただろうが、歌の対象は別のものに移っていったということなのだろうか。

その中で、生徒を詠って殊に印象的な歌が第三部にあった。

ひたすらに授業をこなす日々である白きチョ
ークを強く握つて

思ひ詰めた目をしてわれを見る子たち教壇の
上《へ》で休むを言へば

あの子らの精一杯の添ひ方よそして誰も何も
訊かない

病気になり、それを胸に秘めながら懸命に教壇に立つ毎日。病気で休むことを生徒たちに告げたときの、真剣な反応と「何も訊かない」という気持ちの寄り添い方。飾らず、事実を述べて、梶原さんと生徒たちの間に交わされた、この時の思いの濃さが胸を打つ。

女に生まれ、子を産まない「わたくし」の存在理由を問いながら、深く傷ついてもいた梶原さんが乳癌に冒されたとは。泣いている歌があった。放射線治療の後遺症を思う歌があった。そして、手術後。

ひとつづきのわたくしだらう年輪のやうにふ
かぶか傷を刻んで
雨を受け光を受けるはからひにただ花々のあ
ふむきてをり

病気を、現在の自分を「はからひ」と受け入れ、そこからまた年輪を重ねていこうとする梶原さんがいる。

水を飲むやうにくちびる吸はれをりこのひと
もまた一本の樹だつた
苦しい恋に違ひないとは知つてゐて一月の辺《へ》
を跳ぶカマドウマ
この傷に封じしものをゆるやかにひらいてゆ
きぬ無骨な指が

第一歌集にも特徴的にあった、身体を伴う感覚の活かされた歌が、すべてを受け入れたような安らかさの中に生まれてきている。苦しい恋の相手も、自分と同様ふかぶかと傷を刻んだ年輪をもつ者として意識されてきているようだ。本人も書いているように、「『あふむけ』は、受け身でありながら、とても肯定的」なのだから、病気をしたことも悪いことばかりではないと思いたい。梶原さんの「女に生まれ、子を産まない」という拘りもこれから質を変えていくのではないか。それは、きっといいことだろう。

ここまでで語り残した歌の中に、祖父の歌と祖母の歌がある。

倅、元気か。とふ書き出しで綴られし幼き父
への軍事郵便

顔面の皺は左右に打ち寄せてこのひとはこんなにかはいくなつた

会へばすぐ帰る日を問ふ美乎子にはわたしはいつも去つてゆく孫

亡くなった祖父は、シベリアの捕虜収容所に抑留されていたらしい。梶原さんの戦争への思いは、その祖父を抜きには語れない。老いを深めてゆく祖母は、老い方のお手本なのかもしれない。

そして、東北。

盆上の土偶に兆す赤錆のあららまもなぐ桃ば咲ぐのスか

ためらはずふくらみ断てばあふれたり海鞘《ほや》の臓より八月の海

おらいの孫いい孫でがす　爺さまの推薦受けし巫女《かんなぎ》二人

方言の豊かさ、気仙沼の海の恵み。早馬神社に守られる土地の人々の暮らし。梶原さい子という詩人によって詠われることを待っているものたちが、あちらこちらで手を挙げている気配がする。

（「塔」二〇一〇年一月号）

梶原さい子歌集『あふむけ』より

小池　光

遠いところ遠いところに手を置いて背泳の七月がありたり

ひとむかし半しか生きぬにんげんがぞろりと座りわたしを見をり

かなしみは直截に来る少年のごとき平らな胸であるなら

湯の中に浅く曲がつてゐる膝よ　ひとは弱くて　ひとは強くて

梶原さい子さんをご存知ですか。宮城県生まれで、県内で学校の先生をしています。まだ三十代で、いい歌人だと思います。歌に、とってもかなしみがある歌集だと思いました。かなしみはすごく大事なことだけれど、なかなか若い人の短歌にはない。梶原さんはそのかなしみがある。言い換えると、世界への愛と言ってもいい。生きているということに対して愛を感じると。生きていることが、根源的に持っているかなしみに、何かさわっている方です。彼女は三十ちょっとで乳癌になります。そして手術して教壇に復帰します。重い病気をかかえた時というのは、それまでの健康だった時には全然考えもつかなかったような眼が、できるじゃないですか。瀬戸際まで追い詰められた時に、見るものが全部輝いて見えるという。そういう中を通過して短歌を作ってきた人なので、ちょっと他の歌集と違う。決して身振りが大きくなく、深刻なことをむしろ淡い色彩で、さらっと書いている。いい歌集です。

一首目。水泳の歌。背泳ってありますよね。遠い所へ手を置けば置くほど速く泳げる。遠いところへ遠いところへ手を置いて泳いだなあっていう歌。誰もそれぞれにこういう覚えがある。一生懸命泳ぐのだけれども、さっぱり進まない。気持ちとしては遠いところへ手を置いて……という青春を振り返る歌。

ちょっとかなしいかな。このかなしさっていうのは、心が温かくなる感情。思い切って泣くと、楽になりますよね。あれがかなしみっていうものの正体。ありがたいよね。

二首目。学校の先生としての歌。壺井栄の『二十四の瞳』の書き出しの「十年をひと昔というならば」というところを受けている。「ひとむかし半」っていうのは十五年。十五年しか生きていない子どもたちの新学期。最初のころは、生徒たちは緊張していますので、しーんとして座っている。たちまちぐちゃぐちゃになるんだけれども（笑）。入学して最初の一日は、独特の面白さがあって、本当にぴくりともしない。何か座敷童子のように、ぞろりと座ってじーっと見てるっていうの。先生としての緊張感。場違いな感じ。複雑な感情をユーモラスに詠んだ面白い歌。ちょっとほかの学校の先生の歌とは違う。先生の歌っていっぱいありますが、皆良い先生なんだよね。自然とそうなる。だから「ひとむかし半しか生きぬにんげん」となかなか言えない。せいぜい「ひとむかし半しか生きぬ子どもたち」とか「ひとむかし半しか生きぬ生徒たち」くらい。

三首目。手術を受けた後で、胸がこういう状態にある。そういう胸だからかなしみが直截に来るっていう強い歌。少年のような胸で、クッションもなく。文字通り平らな胸になった。歌のたたずまいが美しい。平らな胸であるっていうのが、余計なものがないっていうか、すごく清らかな印象というんでしょうか。

四首目。お風呂に入っている歌。膝を曲げてお風呂に入りますよね。自分の膝を見ている。ああ人間っていうのは、本当に弱い。そして本当に強いって。私はこんなに弱くて、こんなに強くて。よみがえっていくという希望を歌っている。

こういう深刻な病気をしたことは、若い人にとってはもちろん不幸。しかし、短歌を作る上では、何よりのきっかけを与えた。短歌があって良かったなあと。梶原さい子さんという国語の先生が、いま教壇に立っておられることを心の隅に留めておいていただければと思います。

（『小池光短歌講座 第三集』二〇一〇年三月）

「親和」という捧げもの

――歌集『リアス／椿』評

清水亞彦

祈ること移りゆきつつ二年《ふたとせ》を海に向かひて手を合はせたり

浜に陽はななめに射してこゑ持たぬ椿の粗く耀ふばかり

冊子『733日目』に収められた鼎談の末尾で、作者はこんな風に心情を吐露している――無理して詠うことも苦しいけど、無理して詠わないのも苦しい――これはこの度の震災を作品化しようとする際の、多くの歌人の思いを、真率に代弁するものと感じられる。

三年を経て、種々の資料も公開され、地誌的・社会学的アプローチによる書籍類も充実してきた。それらを繙く手間を惜しまなければ、この震災で何が起きたのか、総合的な視点からの理解も可能になっている。無論そうした理解は、思想形成や実際行動を含めた「生活」の立脚点に関わるものであって、微細なこころの揺れまでを、包摂しうるものではない。震災後の日々を真摯に送ろうとすればする程、遊離していく感情もある。その重なりそうで重ならない部分が、苦しい。つまりそれこそが「歌の領域」なのだろう。

冒頭の引用は、歌集後半に置かれ、一冊の表題ともなった「リアス／椿」からのもの。初出時に添えられた短文とともに、確かな鎮魂の作として享受できる内容である。震災を機に、かつては苦手だった「椿」の興趣を愛するようになったとの弁。三陸の沿岸を縫うように咲く「その花」を、未来への祈りとして差し出してみせる象徴性。〈以後〉のパートに繰り返し年・月を添える構成と共に、そこには『リアス／椿』という一冊を、震災からの大きな回生の「物語」として、提示しようとする意志が窺えるように思う。

潮焼けのかほ馳せ来たり今し刈れる和布蕪《めかぶ》はみ出す桶を抱へて

根の抜くるときの真空　苗箱を用水路にてがしがし洗ふ

誰もみな語りたがりて人材課の課長さんらの三月十一日

和布蕪採り、田仕事といった、地域を支える暮らしの有りよう。三首目「語りたがりて」という措辞には、いくぶん揶揄も含まれそうだが、就職相談会の席上で「あの日」が語られる事自体、時の経過が「人」を癒していく健全な進みゆきとも言える。そしておそらく、こうした要素を拾い、繋げて読んでいくときに浮かび上がってくるものが、公的な震災歌集としての『リアス／椿』の側面だろう。そこには事物の明るさがあり、身巡りの罹災者に対する、言葉の作用（慰藉～暴力）への、繊細な配慮もある。

そう理解した上で、一冊のより確かな手応えが、回生の枠には納まり切らない「現実」によって、また作者固有の対象把握によって、分厚く構成されていることに、いっそうの信頼感を持つ。

襁褓《むつき》替ふるそばから尿を漏らしたり折り畳まるる肉の陰から
みなどこかを泣いてゐるなりびしよびしよと精進料理の茄子の揚げ物
その場所にひらくと決めて真つ直ぐに赤橙の火がのぼりゆく
腑を裂けば卵あふれたりあふれきてもうとどまらぬいのちの潮《うしほ》

〈以前〉のパートから四首を引いた。既刊の『ざらめ』『あふむけ』に親しんだ読者には明らかなように、作者の歌には、しばしば、対象との距離をゼロにするような「身体感覚」の突出があって、その特徴は、今歌集でも、〈以前〉〈以後〉を貫くかたちで、頻繁に現われてくる。

巻頭の「木蓮」は、老いた祖母の姿を詠って強い印象を残すけれども、それは、ふつう考えるような即物的な描写というより、自身の「身体感覚」を、祖母へと投影・混淆することで成立した作品のように感じられる。同様に、大叔母の葬儀で供された茄子の揚げ物は、調理からの時間が経過し、びしょびしょとへたった無惨が、自身と列席者を包む「場」の体感として詠われる。三首目の花火の歌では、宙（暗闇）が自意識の空間と重ね合わされ、四首目の牡蠣の歌では、リフレインと平仮名の連鎖によって、「生」の内実である「意味」と「無意味」が、あたかも自らの物である如く、溢れだしてくるのである。

ここで重要に思われるのは、孰れの歌でも「不確かな場所」が、身体感覚を投射すべき「的」として意識されている事だ。一首目の「肉の陰」、二首目の「どこか」、三首目の「その場所」、四首目の「（裂かれてしまう）腑」。こうした「不確かな場所」に招かれる「身体感覚」だからこそ、自己と他者とを繋ぎやすく、対象との境界が淡くなる。これがおそらく、この震災を「詠み続けずには」いられなかった。作者に「固有の」歌の根拠なのだと思う。

ちぎられて丸められゆくだんご種のひとつひとつの白き手足は
たたくたたく和布蕪をたたくきらきらと藍色の血の粘るめかぶを
泡の間にあまたの息の溶けゐるを思ひつつを
り　一途に啜る
死にたるとまだ生きたるがきらきらとゐるばかりなり青野沢川

盂蘭盆の団子を拵えていても、朝獲れの和布蕪を啜っていても、カラダは「不確かな場所」としての、震災の記憶へ誘われていく。〈以後〉のパートで繰り返されるのは、存外につよい死への「親和」と、それを詩的な「捧げもの」にすることで、死者への鎮魂をも果たそうとする、一種独特な歌の姿だ。

また、巻末に置かれた「胴」一連も、鮭に託した〈回生の〉物語で締め括るのではなく、敢えて、青野沢川の「涸れ」という、世代交替の営みさえ成就し難い「景（＝現実）」を提示することによって、開かれたまま終るのである。こうした入念な構成法は、同時に、復興の「粗さ」や、忘却の「迅さ」に対する、地道な抵抗にも繋がるものだろう。

祖母は祖母の花どきを生くつやつやと桜色せる額のなかに
二日起き二日眠れる繰り返しの眠れるけふにたまたま来たり
この部屋にてあなたは水に漬かりゐき眠れる祖母の額《ぬか》へと触るる
波模様も漉き込まれゐてひたひたとこの世の光満ちてくる午後

そして作者は、一冊のなかで「死」を超えて更に大きなものへの「親和」をも描き出している。〈以前〉〈以後〉を通じて、様々に詠まれてきた祖母は、巻末近くの「額」では、ただ眠る人として其処にいる。三・一一以降、言葉は「失われたもの」を巡って発せられることが多いけれども、災厄を潜り抜けて尚変わらないもの、強靭さを増したもの——を語る言葉が、いっそう切実に求められているのかも知れない。前作『あふむけ』でも触れられていた「受け身（＝絶対肯定）」の姿が、ここでは「あなた」に集約される。祖母は祖母の花どきを…　眠れるけふにたまたま来たり…　波模様も漉き込まれゐて…　それは『リアス／椿』という一冊の意義を端的に指し示す、集中、もっとも美しい一連四首だと思う。

（「塔」二〇一四年九月号）

「何見ても」ということ

——歌集『リアス／椿』評

染野太朗

「震災読み」について、ある時期よく議論されていた。「震災読み」とは簡単に言えば「東日本大震災を歌の背景として一首を読むこと」である。その一首だけでは、それが震災を扱った歌なのかどうか、その判断の根拠が不十分であるにもかかわらず、読者が恣意的に「震災読み」を行なう場合もあることから、その是非や影響が議論されたわけである。

皆誰かを波に獲られてそれでもなほ離れられない　光れる海石《いくり》
朝の陽にあつけらかんと見せてをりうなじのやうな波打ち際を
耳の奥の奥の小さき窪までも潮騒で声で水草である

死にたるとまだ生きたるがきらきらとゐるばかりなり青野沢川

ここに挙げた歌のうち、初めの二首は震災前の歌、後の二首は震災後の歌である。しかし初めの二首は一首単位で読めば震災後の歌とも読めるし、後の歌は震災とはかかわらせなくとも読むことができる。実際「死にたると〜」の歌は、産卵のために川に犇めく鮭を詠んだ一連にある。けれども歌集の構成上は、それぞれにやはり、そうは読めないのである。――われながら当たり前の指摘だ。しかし歌集の構成上その読み方が決まってしまうという事実、「以後」と題された歌集の後半（分量にして歌集のおよそ三分の二）は震災読みしかできないという事実そのものが、僕には非常に重いこととして感じられたのである。

　梶原さい子は「1099日目　東日本大震災から三年を詠む」（塔短歌会・東北、平成二十六年七月十一日発行）にエッセイを寄せている。そのごく一部をここに引いてみる。「震災の時は、勤め先の高校にいた。／入試の後処理の日で、生徒は来ていなかった。激しく長く長く揺すぶられながら、天井が落ちてくることを考えていた。ジャマイカから来た英語のアシスタントの女性は、ショックで一時的に目が見えなくなった。」そしてこの歌集には、次のような歌がある。

崩れくること怖れつつ思ひつつ煤ばむ梁を見上ぐるばかり
ジャマイカに地震を知らずシェバーニの目が開くままに見えなくなる

　もちろん、震災詠に限らず、歌人のエッセイには、その内容が歌の内容とほぼ重なっている例がいくらでも見出せる。「短歌」というものの性質上それはまったく特異なことではない。しかし、「震災読み」が問題とされるほどに、作者の居住地等がそのまま読者の読みを強く誘導してしまう震災後にあって、梶原の歌もエッセイも、これだけの具体を、両者がリンクする形で示していることを考えると、梶原の歌はむしろ、震災読み以外の読まれ方を拒んでいるようにさえ、僕には思えるのだ。

震災読み以外の読みをむしろ拒むこと――この歌集においては、それを「強さ」や「覚悟」といった語で表現してよいと僕は思っている。この歌集の特質は、その「強さ」や「覚悟」が決して歌の詩性を損なわないという点にあると思うからだ。ではその「損なわせない力」は何に由来するものなのだろうか。

LLのズボンば無《ね》えなあ　支給品の山から何
も取らず出て行く
震災前のものですからと言ひながら折り畳ま
るるこんぶを渡す

もちろんこういった歌も、震災の具体が詠まれていて胸に迫るものがあるし、事実の記録としても大切な歌だろう。しかし、特に息苦しく、立ち止まりつつ僕が読んだのは、例えば次のような歌だった。

流れ着くすべてのものがあの波の記憶のまま
に目開《まひら》きてをり
湯の内を浮き上がり来るまろき玉どの瞬間に
ひとは逝きしか
潮を汲む　透きとほりたる腕を足をひらきし
ままのくちびるを汲む
雑食の蛸であるゆゑ太すぎる今年の足を皆畏
れたり
缶切りもなし栓抜きもなきものはみな海底《うなぞこ》と
思ひて暮らす

〈何見でも涙出るのと言ひながら母はまた泣くつるつると泣く〉という歌が歌集中にあるのだが、この「何見でも」（濁音は訛りで、「何見ても」だろう）という感覚は同時に、梶原自身の感覚そのものでもあるのだろうと僕は考えるのである。一首目、そう見なくてもよいはずなのに、「流れ着くものすべて」をそのように見ている。二首目は団子を茹でる場面。その「瞬間」とはおそらく、津波にさらわれた人の死の「瞬間」を指す。「湯の内」にそれを見ている。三首目以降も同じである。四首目には特に圧倒された。蛸は海の底の死体を喰ったのか。わからない。けれども「畏れ」が湧く。「怖れ」ではない。きっと死者に対する「畏れ」である。蛸の足の質感とともに、それは読者にも生々しく感受されるはずだ。

震災以降の梶原は、震災をとおして対象を見ている。見ている、というより、そのようにしか対象を見ることができないということなのだと僕は思う。「何見でも」なのだ。そしてその「何見でも」は、隠されることなく、あからさまに歌集に配置されている。それを、やはり「強さ」と言っても、「覚悟」と言ってもよいだろう。そしてこの歌集の「何見でも」を引き受ける強さや覚悟こそが、「震災読み」以外の読みを拒んでも詩性が損なわれないことの根本にあるのではないかと僕は思うのである。

容れ物の欲しかりし日々水を灯油をガソリンを汲む大き器が

紙幅が尽きた。「大き器」を求める、この畳みかけるように押し寄せる欠乏感は、歌集全体をとおして感じられるものであるということを、最後に付け加えておきたい。

（「北冬」二〇一五年六月）

短歌の主語
——歌集『リアス／椿』

花山多佳子

それでも朝は来ることをやめぬ　泥の乾《ひ》るひとつひとつの入り江の奥に

梶原さい子『リアス／椿』

小さい入り江のひとつひとつに海が押し寄せ、全てを押し流した。「それでも朝は来る」でなく「来ることをやめぬ」。朝は残酷にも来るのをやめないのだ。

昨年出版された梶原さい子の歌集『リアス／椿』は震災以前と以後に区切られて作品が収録されている。その「I以前」の最後に「舟虫」という連作がある。

潮鳴りのやまざる町に育ちたり梵字の墓の建ち並びゐて

御船霊《おふなたま》を入れにゆく朝　神主と船頭のみの密かなる業

皆誰かを波に獲られてそれでもなほ離れられない　光れる海石《いくり》

水底に根を降ろしたる死者たちのほのかに靡くひとところあり

海べの町の暮らしを描きながら、水の死者の気配もふくみ、震災後と読まれてもふしぎではない一連である。

この「舟虫」の一連は二〇一一年に、梶原さんの属する歌誌『塔』で塔短歌会賞を受賞した。応募作の締切は二月末。震災の三月十一日のまさに直前で、選考が行われたのは三月二十一日、震災の直後だった。私も選考した一人であったのだが、何かふしぎな印象だった。無記名での選考なので作者はわからない。津波のことがどうしても想起されるが、関係ないはずである。選考委員の一人から、この海の町での作者の立ち位置がよくわからない、という発言が出されたのも、今ふりかえれば、腑に落ちるのである。

受賞を決めて蓋を開けたら梶原さい子さん、とわかって「やはり」「え、ほんと?」という思いが交錯したのだった。

受賞したときには、うたわれた浜の集落はすでに無かったのだ。梶原さんの実家は気仙沼唐桑の早馬神社で、その下の集落は流されていた。漁をする船に御船霊を入れ続けてきた神社の娘さん、それが梶原さんで、その立ち位置は特殊であるとも言える。

ありがたいことだと言へりふるさとの浜に遺体のあがりしことを

あらかたを流されながらそれでもなほ人ら喪服を調へんとす

赤飯をひたすら詰める流されて死んでゐたかもしれない人と

震災後の歌は「舟虫」にあった抽象的な詩のふくらみは削がれて、やっと言葉にした切実が迫ってくる。「以前」と「以後」はやはり異なるのだ。けれども、以前の歌から続けて読んでいくと、この歌集の主語は「私」だけでなく「みな」であり「人ら」であり死者であり、海であり土地であることに気づく。しかし「私」は「みな」と一体化しているわけではない。「みな」に寄り添って語っている作者がいる。「皆で皆を亡くししといふ苦しさ」という皆のこころ、誰も発することの出来ないでいる誰もの声に気づく人がいなくてはならない。その役目は「御船霊」を入れる神社の娘さんなのかもしれない、などとも思う。これはリアスの物語なのだ。椿はそこでの人々かもしれない。

（「日本現代詩歌文学館館報」二〇一五年七月）

梶原さい子歌集　　現代短歌文庫第138回配本

2018年5月22日　初版発行

著　者　梶原さい子
発行者　田村雅之
発行所　砂子屋書房
〒101-0047 東京都千代田区内神田3-4-7
電話　03－3256－4708
Fax　03－3256－4707
振替　00130－2－97631
http://www.sunagoya.com
装本・三嶋典東

現代短歌文庫

（　）は解説文の筆者

現代短歌文庫

（　）は解説文の筆者

現代短歌文庫

（　）は解説文の筆者

現代短歌文庫

（　）は解説文の筆者

(67)今井恵子歌集（佐伯裕子・内藤明他）
『分散和音』全篇

(68)続・時田則雄歌集（栗木京子・大金義昭）
『夢のつづき』『ペルシュロン』全篇

(69)辺見じゅん歌集（馬場あき子・飯田龍太他）
『水祭りの桟橋』『闇の祝祭』全篇

(70)続・河野裕子歌集
『家』全篇、『体力』『歩く』抄

(71)続・石田比呂志歌集
『孑孑』『忘八』『涙壺』『老猿』『春灯』抄

(72)志垣澄幸歌集（佐藤通雅・佐佐木幸綱）
『空壜のある風景』全篇

(73)古谷智子歌集（来嶋靖生・小高賢他）
『神の痛みの神学のオブリガード』全篇

(74)大河原惇行歌集（田井安曇・玉城徹他）
未刊歌集『昼の花火』全篇

(75)前川緑歌集（保田與重郎）
『みどり抄』全篇、『麥穗』抄

(76)小柳素子歌集（来嶋靖生・小高賢他）
『獅子の眼』全篇

(77)浜名理香歌集（小池光・河野裕子）
『月兎』全篇

(78)五所美子歌集（北尾勲・島田幸典他）
『天姥』全篇

(79)沢口芙美歌集（武川忠一・鈴木竹志他）
『フェベ』全篇

(80)中川佐和子歌集（内藤明・藤原龍一郎他）
『海に向く椅子』全篇

(81)斎藤すみ子歌集（菱川善夫・今野寿美他）
『遊楽』全篇

(82)長澤ちづ歌集（大島史洋・須藤若江他）
『海の角笛』全篇

(83)池本一郎歌集（森山晴美・花山多佳子）
『未明の翼』全篇

(84)小林幸子歌集（小中英之・小池光他）
『枇杷のひかり』全篇

(85)佐波洋子歌集（馬場あき子・小池光他）
『光をわけて』全篇

(86)続・三枝浩樹歌集（雨宮雅子・里見佳保他）
『みどりの揺籃』『歩行者』全篇

(87)続・久々湊盈子歌集（小林幸子・吉川宏志他）
『あらばしり』『鬼龍子』全篇

(88)千々和久幸歌集（山本哲也・後藤直二他）
『火時計』全篇

現代短歌文庫

（　）は解説文の筆者

89田村広志歌集（渡辺幸一・前登志夫他）
『島山』全篇

90入野早代子歌集（春日井建・栗木京子他）
『花凪』全篇

91米川千嘉子歌集（日高堯子・川野里子他）
『夏空の櫂』『一夏』全篇

92続・米川千嘉子歌集（栗木京子・馬場あき子他）
『たましひに着る服なくて』『一葉の井戸』全篇

93桑原正紀歌集（吉川宏志・木畑紀子他）
『妻へ。千年待たむ』全篇

94稲葉峯子歌集（岡井隆・美濃和哥他）
『杉並まで』全篇

95松平修文歌集（小池光・加藤英彦他）
『水村』全篇

96米口實歌集（大辻隆弘・中津昌子他）
『ソシュールの春』全篇

97落合けい子歌集（栗木京子・香川ヒサ他）
『じゃがいもの歌』全篇

98上村典子歌集（武川忠一・小池光他）
『草上のカヌー』全篇

99三井ゆき歌集（山田富士郎・遠山景一他）
『能登往還』全篇

100佐佐木幸綱歌集（伊藤一彦・谷岡亜紀他）
『アニマ』全篇

101西村美佐子歌集（坂野信彦・黒瀬珂瀾他）
『猫の舌』全篇

102綾部光芳歌集（小池光・大西民子他）
『水晶の馬』『希望園』全篇

103金子貞雄歌集（津川洋三・大河原惇行他）
『邑城の歌が聞こえる』全篇

104続・藤原龍一郎歌集（栗木京子・香川ヒサ他）
『嘆きの花園』『19××』全篇

105遠役らく子歌集（中野菊夫・水野昌雄他）
『白馬』全篇

106小黒世茂歌集（山中智恵子・古橋信孝他）
『猿女』全篇

107光本恵子歌集（疋田和男・水野昌雄）
『薄氷』全篇

108雁部貞夫歌集（堺桜子・本多稜）
『崑崙行』抄

109中根誠歌集（来嶋靖生・大島史洋雄他）
『境界』全篇

110小島ゆかり歌集（山下雅人・坂井修一他）
『希望』全篇

現代短歌文庫

（　）は解説文の筆者

(111) 木村雅子歌集（来嶋靖生・小島ゆかり他）
『星のかけら』全篇

(112) 藤井常世歌集（菱川善夫・森山晴美他）
『氷の貌』全篇

(113) 続々・河野裕子歌集
『季の栞』『庭』全篇

(114) 大野道夫歌集（佐佐木幸綱・田中綾他）
『春吾秋蟬』全篇

(115) 池田はるみ歌集（岡井隆・林和清他）
『妣が国大阪』全篇

(116) 続・三井修歌集（中津昌子・柳宣宏他）
『風紋の島』全篇

(117) 王紅花歌集（福島泰樹・加藤英彦他）
『夏暦』全篇

(118) 春日いづみ歌集（三枝昻之・栗木京子他）
『アダムの肌色』全篇

(119) 桜井登世子歌集（小高賢・小池光他）
『夏の落葉』全篇

(120) 小見山輝歌集（山田富士郎・渡辺護他）
『春傷歌』全篇

(121) 源陽子歌集（小池光・黒木三千代他）
『透過光線』全篇

(122) 中野昭子歌集（花山多佳子・香川ヒサ他）
『草の海』全篇

(123) 有沢螢歌集（小池光・斉藤斎藤他）
『ありすの杜へ』全篇

(124) 森岡貞香歌集
『白蛾』『珊瑚數珠』『百乳文』全篇

(125) 桜川冴子歌集（小島ゆかり・栗木京子他）
『月人壮子』全篇

(126) 柴田典昭歌集（小笠原和幸・井野佐登他）
『樹下逍遙』全篇

(127) 続・森岡貞香歌集
『黛樹』『夏至』『敷妙』全篇

(128) 角倉羊子歌集（小池光・小島ゆかり）
『テレマンの笛』全篇

(129) 前川佐重郎歌集（喜多弘樹・松平修文他）
『彗星紀』全篇

(130) 続・坂井修一歌集（栗木京子・内藤明他）
『ラビュリントスの日々』『ジャックの種子』全篇

(131) 新選・小池光歌集
『静物』『山鳩集』全篇

(132) 尾崎まゆみ歌集（馬場あき子・岡井隆他）
『微熱海域』『真珠鎖骨』全篇

現代短歌文庫

（　）は解説文の筆者

⑬③続々・花山多佳子歌集（小池光・澤村斉美）
『春疾風』『木香薔薇』全篇
⑬④続・春日真木子歌集（渡辺松男・三枝昂之他）
『水の夢』全篇
⑬⑤吉川宏志歌集（小池光・永田和宏他）
『夜光』『海雨』全篇
⑬⑥岩田記未子歌集（安田章生・長沢美津他）
『日月の譜』を含む七歌集抄
⑬⑦糸川雅子歌集（武川忠一・内藤明他）
『水螢』全篇

（以下続刊）

水原紫苑歌集　　篠弘歌集
馬場あき子歌集　　黒木三千代歌集
石井辰彦歌集